無職轉生
到了異世界
就拿出真本事
10
Rifujin na Magonote
理不尽な孫の手
Kadokawa Fantastic Novels

艾莉娜麗潔
克里夫
希露菲葉特
七星
魯迪烏斯
人物介紹

奧貝爾
瑞傑路德
愛夏
諾倫

「我今後會和希露菲一起走下去。
如果發生什麼事，還請大家多方協助了。請多指教。」

無職轉生

⑩

到了異世界就拿出真本事

理不尽な孫の手
Rifujin na Magonote
插畫：シロタカ

Kadokawa Fantastic Novels

無職轉生～到了異世界就拿出真本事～⑩

CONTENTS

「結婚是人生的墳墓。」

——Neet is a zombie.

著：魯迪烏斯・格雷拉特

譯：金恩・RF・馬格特

第十章 青少年期 新婚篇

第一話「後盾」

我要為了希露菲守護貞節。

看著殘留在床單上的紅色汙漬，讓我有了這樣的想法。

希露菲為了幫助我，甚至不惜把自己最珍貴的東西給了我。那麼這次該輪到我為她做點什麼了。

我用小刀把殘留在床單上的紅色汙漬割下，一邊這麼思考。

話雖如此，希露菲鮮少主張自己的想法。儘管她有表現出想和我在一起的念頭，然而她應該不會主動把這件事說出口。

說不定這和擔任愛麗兒公主的護衛也有關聯。

看樣子，我果然還是得跟愛麗兒公主談一談。

我想著這件事，同時將割下來的一小片床單放到用土魔術製成的小盒子，歸位到神龕上。

接著雙手合十。

我感覺自己總算作回一個人了。

★
★
★

在我恢復為完全體的那天，正好是每個月召開一次班會的日子。

我與走起路來有點外八的希露菲道別，帶著飄飄然的心情出現在教室。

教室裡有札諾巴、茱麗、莉妮亞、普露塞娜，以及克里夫。

七星依舊不見人影。

「早安，師傅。」

「早安，Grand Master。」

看到我的札諾巴以及茱麗湊過來打招呼。

現在我才注意到，茱麗其實挺可愛的。今年應該是七歲了吧。

儘管還無法進入我的好球帶。但是外翹的橙色頭髮相當俏皮可愛。

我撫摸她的頭後，茱麗突然嚇了一跳似的抬頭看向我，但很快就低下頭開始發抖。看樣子她還在怕我，明明我也不會把她給吃了啊。

「早安，札諾巴、茱麗。」

當我打完招呼，札諾巴就發出「哎呀？」一聲歪了歪頭。

「師傅，您是否遇上了什麼好事？」

「咦？」

他注意到了嗎？

因為札諾巴從平常就相當為我擔心，所以我也正想趕緊向他報告。

不過要把我的ＥＤ已經痊癒了這件事告訴他是沒問題，但如果他問我是怎麼治好的，那就難以啟齒了。因為我也不能說出希露菲的真實身分。

要是我說是請菲茲學長幫忙，似乎會造成奇怪的誤解。

我一邊思考該如何說明，同時前往自己的座位。

「哦，老大，早安喵。」

「早安的說，嚼嚼。」

莉妮亞和普露塞娜用一如往常的姿勢坐在椅子上。

莉妮亞將她那嬌嫩又吹彈可破的年輕大腿蹺在桌上，而普露塞娜那豐滿的肉體則是被制服緊緊包裹，一臉拘謹地咬著肉乾。

仔細想想，我也曾經確認過這兩個人的巨峰的發育程度，還把溼透的內褲扯下，瞻仰過隱藏在底下的理想鄉呢。

這麼一想，就突然覺得她們兩人看起來很可愛……

「喵！」

「法克的說……」

當我靠近她們，兩人突然捂住鼻子起身躲得老遠。

哎呀？我有點受到打擊。

是那個嗎？就是那個味道嗎？所謂發情的味道。

我沉寂了數年才得以復活，現在的心情就宛如是時隔三年終於換穿了新內褲那般神清氣爽。這股味道想必相當強烈吧。

「怎麼辦的說？老大終於忍不住了說。」

「老大不是生病了喵？」

「這都要怪我的魅力的說，我真是個罪孽深重的女人的說。」

「那……那就由普露塞娜去當活祭品喵。故鄉那邊就交給我喵。」

「不……說不定老大發情的對象其實是莉妮亞的說。」

「只……只要成為老大的女人或許就能掌握世界喵，這樣一來每天都能盡情吃肉喵。」

「…………沒……沒辦法的說。這都是為了保護莉妮亞的說。」

她們七嘴八舌一番後，普露塞娜表現出下定決心的模樣來到我面前。

然後可愛地眨了眨眼睛，搔首弄姿地強調著自己的胸部。

「嗯哼～的說。請老大好好疼愛……好痛！」

我賞了她一記手刀。

什麼嗯哼～啊。把我當白痴嗎？

「算了，總之先坐下吧。我不會把妳們抓起來吃掉啦。」

我這樣說完，普露塞娜就按住自己的頭並捲起尾巴，在我旁邊坐下。

她難得會坐在我伸手可及的位置。

但莉妮亞卻相反，她慢慢地走過來，坐在我的手稍微搆不到的地方。

這邊倒是難得在提防我。跟平常的距離相反。

「魯迪烏斯，你怎麼了？感覺和平常不太一樣喔。」

克里夫也歪頭表示不解。

我以為自己表現得跟平常一樣，看起來有差那麼多嗎？蛻變過後的男人果然就連外表都為之不同嗎？不不，說起來我也不是第一次了。

「有哪裡不一樣？」

「總覺得……你看起來好像……？充滿著……自信吧？」

我把視線送往札諾巴身上，他也點頭認同。

自信。

聽到這個詞彙，讓我想起人神曾說過的話：

「取回身為男人的自信」。原來是這個意思啊。不過我自己倒沒什麼實際感受。

「各位，一直以來非常感謝你們。雖然不便透漏情詳情，不過在前幾天，我總算是把那個治好了。」

當我這麼宣告後，「喔喔」的聲音頓時此起彼落。

札諾巴露出一副「了然於心」的表情點頭，克里夫則是拍了拍我的肩膀。莉妮亞與普露塞娜面面相覷，茱麗則是歪了歪頭，露出不太理解的表情。

「不管怎樣，恭喜你啦。」

「是啊。恭喜您，師傅。」

「恭喜的說。」「恭喜喵。」

不知為何大家開始拍手祝賀。

雖然這對我來說確實是件值得慶賀的事，但總覺得有點難為情啊。

簡直就像是最後一話。這說著恭喜的順序，該不會其實是死亡順序吧？（註：出自《新世紀福音戰士》）

「不過既然老大治好了，那可是危機喵。是全校女學生的貞操危機喵。」

「一旦靠近就會懷孕說。」

莉妮亞和普露塞娜說出了很沒禮貌的話。

「真失禮，我可是紳士耶。」

我才不會對希露菲以外的人出手。

★ ★ ★

班會結束後，我前往教職員辦公室。

是由於前陣子因旅行外出，來這申請補課。

當我踏入教職員辦公室，整個氣氛突然嘈雜了起來。果然從旁人的眼光看來，我看起來的確有某些地方不同以往。這樣簡直就像是所有人都知道我和希露菲之間的情事似的，有點難為情啊。

當我腦中正在胡思亂想時，吉納斯副校長把我叫住。

「魯迪烏斯，你發生了什麼事嗎？」

「我只是解決了這三年來一直在煩惱的問題，感到心情很舒坦而已。」

「是嗎，那真是好事。」

吉納斯副校長點頭並露出苦笑。

「那麼，你該不會在考慮離開這所大學吧？」

「咦？」

聽到吉納斯副校長這番話，我感到不解。

不過仔細想想，我的確已經達成一開始來這所大學的目的。

所謂的目的，也就是治療我的ＥＤ，我是為此而來的。

既然現在已經治好，那麼要為了和家人重逢，動身前往貝卡利特大陸倒也未嘗不可……

然而在這一年內也發生了許多事。

不僅遇見了札諾巴，買下茱麗，和莉妮亞與普露塞娜拉近了距離，也與克里夫有了交集。

還有七星。

那個從原本的世界轉移過來的女高中生。

總覺得與她的相遇對我來說應該具有某種意義。

甚至會讓我覺得與希露菲重逢一事對人神來說只是順便，其實他是為了讓我和七星相遇才把我引來這裡。

當然，對我而言最重要的就是希露菲。只要她還留在這裡，那我就沒理由離開。更何況我自己也想在關鍵時刻保護她。既然她擔任公主的護衛，那應該也會遭遇危險，我希望能盡自己棉薄之力幫助她。

不過我記得愛麗兒公主他們現在是五年級的學生吧。

雖然他們在畢業前都會待在這裡，那畢業之後會有什麼打算？如果他們要回阿斯拉王國，那我也同行真的好嗎？

既然我的病已經痊癒，感覺先跟保羅會合才是上策。

話雖如此，從那之後也已經過了一年。

自從我開始上大學後，就會定期寄信給保羅他們。雖然我無法確認是否有全數送達，但只要有一封寄到他們手中，那就應該會寫回信給我才對。

一旦我現在開始移動，就很有可能錯過那封信。

因為沒辦法提升成果就立刻改變方針，那只不過是外行人的做法。

一天就取得三十份以上新契約的能幹上班族也這麼說過。

現在就等待吧。

至少在收到保羅的回信前，先在這城鎮等待。

「不，雖然不清楚是否會待到畢業，但我想暫時還會留在這所學校。」

「是嗎，那就好。」

吉納斯副校長露出苦笑。

那是種看不出是開心還是不開心，令人難以理解的苦笑。

★ ★ ★

即使我的ＥＤ治好了，七星也絲毫沒有察覺。

畢竟我們也不常交談，或許她根本就沒把我放在眼裡。

提到交談，當我和她說話時，經常會感覺到對話裡有代溝。像前陣子也是，我以為她應該

知道，就提了會代替月亮懲罰你的那位女國中生的話題，結果她卻歪著頭回問我說：「那是什麼？」（註：出自《美少女戰士》）

看樣子最近的年輕人不知道月光傳說。

明明在我們那一代，就算沒看過也應該會知道名字。

不過如果她不是御宅族，這倒也無可厚非。

本來我是這樣想，但她雖然不是像我這樣的重度宅，好像也是個會加減看些漫畫或輕小說的孩子。這樣的孩子居然說自己不知道月亮水手。我想說她或許也不知道收集七顆龍珠的故事，但一問之下發現這個她好像知道。

在原本世界的七星年齡為十七歲，相較之下我是三十四歲。

儘管原本就差了兩倍，但我來到這個世界是在七星過來正好十年前。現在應該差得更遠。

或許這也是無可奈何的事情，這應該就是所謂的代溝吧。

考慮到當時播放的時期或許是理所當然，但是實際聊到這方面還是會不知所措。

或許正因為七星是這樣的人，我才會不小心失言。

「七星小姐，如果妳和某人交往，會希望對方為妳做什麼？」

七星的手倏地滑了一下。

然後把剛才在寫的那張紙用力地揉成一團扔掉。

「你突然說什麼啊？要聊戀愛八卦？」

「類似啦。」

「聽好了，我很想快點回去。可以請你認真一點嗎？每次總是在那邊閒聊。要是可以閉上嘴巴好好動手，光是這樣就能提高效率喔。」

雖然嘴上這麼說，但七星並不是討厭閒話家常。

實際上，至今為止只要話題別太超過，那她也會斷斷續續地說些什麼，同時進行手邊的工作。

而她會用這樣的口氣說話，這表示……

「七星是那個嗎？沒有任何戀愛經驗的那種人嗎？」

「……嘖！」

咂了好大一聲。

「我好歹也是有喜歡的對象啦，雖然在吵架後就沒下文了……」

話說回來，七星是在跟男生吵架時被召喚過來的嘛。

雖然不知道她是喜歡其中的哪個人，或是處於無法選擇其中一人的逆後宮狀態，但是無論是要道歉或是繼續吵架，的確也要先回去後才能這麼做。

這麼說來，那兩個人也很有可能已經被召喚過來了。

只是完全沒有聽說七星以外的人有類似的傳聞，所以沒有來到這世界的可能性也很高。

不過基本上，在沒有魔力的狀態下被扔到這個世界，而且也沒有獲得任何人幫助的高中生是否能活下來就……不，這就不該由我說出口吧。

或許七星也已經推測到這種可能性。

她曾說過自己能活到現在是因為運氣好。

反過來說，如果運氣不好的話會怎麼樣呢？

七星抿起嘴喃喃說道：

「只要喜歡的人……能很普通地……陪在身旁就足夠了。」

她看起來很難受。要是我沒問就好了。

★ ★ ★

來到了午休時間，但我沒有去餐廳。

因為今天在其他地方有事要辦。

那就是學生會室。

既然我要和希露菲認真交往，那這件事就沒辦法對他們隻字不提。

他們為了把我和希露菲撮合在一起而展開行動。因此就某種意義上而言已經算取得了他們的許可。儘管如此，還是得為這件事做個了結。

主校舍最上層的最深處。在略顯豪華的那扇門上，刻著「學生會室」這幾個字。

我對著這扇門敲門。

「是誰！」

路克的聲音。

「我是魯迪烏斯·格雷拉特。關於之前那件事我有事要報告。」

我這麼回答後，房裡頓時鴉雀無聲，緊接著傳來了一陣手忙腳亂的聲音。

畢竟我沒有事先預約就來了嘛。或許我來得不巧。

「進……進來！」

聽到路克略顯慌張的聲音，我開門步入室內。

坐在一張看似昂貴的椅子上的愛麗兒公主，梳妝了一頭漂亮的金髮。

儘管有著澄澈的美貌，不過身材倒是與她的年齡相稱。

肌肉量與一般女孩子無異，胸部不大也不小。

戴著墨鏡的希露菲與路克維持立正的姿勢站在她的身旁。

工作中的希露菲正氣凜然，那英武的姿態感覺就像是隨侍在公主身旁的武官。

已看不到平常那種靠不住的愛哭鬼模樣。

跟我對她抱有的那種爽朗又有點孩子氣的印象也有些許不同。

她給人的印象冷淡。縱使說是冷酷也不為過。

原來如此，若想要維持這種形象，那麼希露菲開口的話的確實會破功。

「初次見面。我叫魯迪烏斯·格雷拉特。」

我行貴族之禮，垂下頭跪在愛麗兒眼前。

儘管我並未學過面對王族時的禮儀規矩，不過這樣應該就行了。

「這裡並非王宮。我們彼此都是學生，請把頭抬起來吧。」

聽到愛麗兒公主這麼說，我把頭抬起。當然膝蓋依舊跪在地上。

因為我不能讓希露菲丟臉。

在戀人的上司面前，凡事還是謹慎為妙。

「那麼，在這所學校聞名遐邇的魯迪烏斯先生，請問您今日來訪有何貴幹呢？」

光是聽著愛麗兒的聲音，頭頂那一帶就傳來一陣酥麻的感覺。

實在很舒服。這就是所謂的領袖魅力嗎？說不定她也是神子。既然有藉由聲音使用的魔術，那就算有用聲音魅惑對方的神子也不足為奇。

「我想，您已經從希露菲……希露菲葉特那聽聞了許多事情，我此次前來，是為了那件事而想要向您稍微報告。」

愛麗兒的神情嚴肅了起來。

我已從希露菲那稍微聽說了公主心中的盤算。

儘管她逃遁到這種地方，似乎依舊沒有放棄王位。

為此，她一邊在這所學校上課，一邊拉攏有能人士成為同伴。

「希露菲治好了我罹患的疾病。事後聽聞這是公主殿下出面協助希露菲之故。因此，只要有我能略盡棉薄之力的機會，還請您儘管吩咐。」

愛麗兒從容地聽著我的話。

接著對路克使了個眼色。他重重點頭並開口說道：

「我還以為你在迴避阿斯拉貴族的政權鬥爭呢。」

我馬上對這個提問做出回答。

「的確，我根本不想要一頭栽進阿斯拉王國的政權鬥爭之中。畢竟像我這種小角色，很有可能會像螻蟻那樣被活活捏死。但是，既然我的意中人身處在這個漩渦之中，那麼事情就另當別論了。」

我這樣說完後望向希露菲。她滿臉通紅。

「在希露菲面臨生死存亡之際，自己卻滿不在乎地過著安逸的生活，我可不願做出這種事。」

「哦……」

愛麗兒露出詫異的神情，路克也是。難道我說了什麼奇怪的話嗎？

接著路克開口。

「你對格雷拉特家沒有任何牽掛嗎？像是讓伯父……讓保羅拋棄名字的諾托斯，或是恣意使喚你的伯雷亞斯。」

「雖然紹羅斯大人被處刑一事讓我覺得有些惋惜，但除此之外沒有任何想法。」

總覺得好像有點各說各話……

啊，我懂了，他是以我討厭伯雷亞斯為前提才說這些話的啊。不對不對，伯雷亞斯的大家待我不薄，可說是有恩無仇。只是我被艾莉絲拋棄了而已。

「然後，頂多就是被路克學長討厭而已吧。」

我話一說完，路克就皺起眉頭這麼說道：

「那是因為你是個不懂女人心的遲鈍傢伙。」

「關於這點，我確實無從辯解。」

畢竟我這一年來，甚至連希露菲的性別都沒察覺嘛。

沒有試圖去積極試探也只是藉口。她明明就那麼可愛，為什麼我會沒有察覺啊？這樣就算別人說我遲鈍也是沒辦法的事。

「路克是玩弄女人心的混蛋傢伙。」

喃喃脫口說出這句話的人是希露菲。

我有點嚇了一跳。她也會說這種激進的話，真是出乎意料。

看來她表現在我面前的態度……可能有部分是裝出來的嘍？

不過仔細想想，路克和希露菲在這六年來一直都是同伴。

也就是說，路克比我和希露菲在一起的時間更久。
因此不會顧慮太多，才會連這麼不客氣的話也說得出口吧……有點嫉妒呢。
不知道她將來是不是對我也能像這樣暢所欲言呢……
「怎麼？連個像樣的姿色都沒有，還自以為是個稱職的女人嗎？」
「我也是有姿色的好嗎？畢竟魯迪還對我謝謝耶……沒錯吧？」
這麼說完，希露菲露出了求助的眼神望向我這邊。
雖然要我加入這兩人的雙簧組合老實地說句「實在是棒極了」也行。
只是要在愛麗兒面前說這種話，還是多少有點難為情。
我這麼想著，把視線朝向公主，於是她靜靜開口。不經意地看了一下，才發現她的嘴角還沾著麵包屑。
原來她剛才在用餐啊。
「你們兩人，先稍微安靜點。」
希露菲和路克噤口不語。
看來他們平常都在進行這樣的對話。可以從中感受到長久以來的默契。
「魯迪烏斯．格雷拉特。要是你願意助我們一臂之力，那真的是非常可靠。」
「謝謝您。」
「然後……」

愛麗兒此時瞄了希露菲一眼。

然後，擠出了難以啟齒的表情，並同時詢問我。

「你……打算怎麼做呢？」

「打算怎麼做……是指？」

「非常抱歉，我已經聽聞你來這所學校的目的。雖然我很驚訝你是為了治病才來這所學校……但是現在……已經達成目的了對吧？」

「……是的。」

總之呢，我的ＥＤ已經治好了。我很肯定自己已完全痊癒，達成了原本的目的。

既然如此，我接下來該做的就是和保羅會合。她是這個意思吧？

雖然是這樣沒錯，但至少現在的我打算在保羅那邊有聯絡之前先暫時待在這裡。

「是的。我還身負使命，得去尋找因轉移事件而失蹤的家人。也因此，要我現在馬上前往阿斯拉王國，為了協助您取得政權而盡一己之力，那是有點……」

「是的，我當然明白你的難處。關於我這邊的問題，大可等你把事情告一段落之後再處理也無妨。」

真是太感謝了。

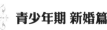

總之，感覺像是欠了她一份人情。

等時機到來……意思是會等到愛麗兒要畢業的那個時期吧。到時候，再怎麼說保羅那邊應該也告一個段落了，希望如此。

再來就只剩塞妮絲而已，何況據艾莉娜麗潔所言，塞妮絲那應該沒有什麼問題。

「那麼，你到底打算怎麼做呢？」

「……什麼？」

我不懂她這句話的意思，稍微歪了歪頭。

問我打算怎麼做……我不是剛剛才講過嗎？

難道說時間被倒退回去了？是新的替〇使者嗎？（註：出自《JOJO的奇妙冒險》）

「打算怎麼做……是指？」

「難道說，你才剛治好不舉的毛病，就為了和父親會合選擇離開這國家，跟希露菲說再見了嗎？」

「我怎麼可能這麼做！我會和希露菲在一起！」

聽到意想不到的發言，讓我的語氣有點拔高。

我根本沒有辦法想像和希露菲分開，這種事我可敬謝不敏！

然而……不過……是啊，她說得沒錯。

只有我一人倒還好。可以等接到保羅的來信後再因應內容而開始移動。由於這個世界沒有飛機之類的交通工具，光是要會合或許就得花上好幾個月，甚至是好幾年吧。但是在愛麗兒開始進行政爭時，應該也已經趕回來了才對。

不過，如果要帶著希露菲一起走，狀況會很嚴苛。

畢竟希露菲已經就業，她身為愛麗兒公主的護衛，是個在工作的社會人士。

或許希露菲會願意跟我一起走，但如果是為了配合我而這麼做，實在是讓人於心不忍。

「那麼，你到底打算怎麼做呢？」

「……」

「你讓希露菲失去了重要的東西，如果還打算不負任何責任的話……」

「我當然會負起責任。」

我反射地說出這句話。

雖然感覺是她挖洞給我跳，但這根本不需要她提醒我。

因為希露菲救了我。她讓我那段痛苦又空虛的每一天之中解脫。

「一定會。」

「光是耍耍嘴皮子，那要說再多都行……你認為必須要做什麼呢？」

「…………」

必須要做什麼……愛麗兒用極其強硬的口氣詢問。

我當然明白。

無論是在哪個世界，在男女關係之間負責任的方法應該都是相同的。沒錯，保羅不是也說過嗎？說他對塞妮絲負了責任。

「我……要和希露菲結婚。」

我清楚明白地這麼說完後，希露菲捂住了嘴巴。

路克露出受到衝擊的表情，無法再繼續維持立正的姿勢，踉蹌退了幾步。

就連愛麗兒的臉上也露出了訝異的神情。

難道我說了什麼奇怪的話嗎……他們是認為這樣果然還是太快了嗎？

「你說……要和希露菲結婚？」

「是的。」

當然，我也感覺這樣進展過快。

自從得知菲茲學長就是希露菲後，還沒有經過多久的時間。我也認為應該要更了解彼此，等到交往幾個月之後再談這種事比較好。

再者，一旦結了婚應該就得滯留在這塊土地了吧。

這麼一來就更難和保羅會合。即使到時收到來信，上面又寫著非常急迫的內容，我也可能無法馬上動身。

儘管據艾莉娜麗潔所說，我沒有必要著急，但這樣也是會讓人過意不去。

然而……讓我重新考慮的契機是艾莉絲那件事。

要是我不表現得明確點，在那拖拖拉拉的話，說不定希露菲也一樣會離開我的身邊。

要是發生這種事，下次我就真的沒辦法再重新振作了。

所以，就讓我再稍微任性一下吧。

如果信上真的寫了很急迫的內容……就到時再說吧。

「結婚。這個決斷比我所想的還要有骨氣呢。」

愛麗兒露出滿足的表情點點頭，望向希露菲。

「希露菲葉特．格雷拉特。」

「啊！咦？您說格雷拉特……咦咦？」

希露菲葉特．格雷拉特。

被以格雷拉特之名稱呼，讓希露菲頓時不知所措。

「他是這麼說的喔，那妳打算怎麼做呢？」

「呃……是！我……不……不對，小女子……那個……會像以前那樣繼續侍奉愛麗兒殿下，然後作為魯……魯迪……呃，魯迪烏斯的妻子好好努力！」

「…………既然魯迪烏斯願意把妳娶走，那妳已經不需要再待在我的庇護之下了吧？」

「愛麗兒殿下，請您不要說這種話。」

「……謝謝妳。」

愛麗兒略有含意地沉默了片刻之後，輕輕地推了希露菲的背一把，向她道謝。

希露菲走到了我旁邊，有點害羞地搔了搔耳後。

好可愛。好想舔她。不對，我得忍耐，現在可是在愛麗兒的面前。

「那……那個……呃……魯……魯迪……那個……請你多多關照。」

「啊，好，我才要請妳多多關照。」

我們兩個以生硬的動作對彼此低下頭。

希露菲忸忸怩怩了一陣子後，突然轉過身子。

她在轉身後就那樣凝視著愛麗兒。此時愛麗兒突然開口說道：

「希露菲，既然妳要成為魯迪烏斯的妻子，那今後就不需要再女扮男裝了。妳就回到女人的身分吧。」

「咦？可是……要是不喬裝的話，愛麗兒殿下就……」

「相對的，魯迪烏斯。請讓我使用你的『名號』。畢竟如今在這一帶你可是無人不知無人不曉。我把自己的心腹菲茲獻給你這件事，應該會有人會自作主張擴大解釋吧。雖然讓世人知道菲茲是個女性這點算是負面影響……不過，正面的影響應該比較大。」

意思是只要我和希露菲在一起，那麼就會有人認為愛麗兒和我之間有某種交集嗎？

儘管不會借助我的力量，卻會借助我的威名。

雖然做的事情幾乎相同，但是這樣的表達方法還挺有趣的。

「……以我個人而言，就算要我正式加入您的麾下也無妨。」

雖然還得和保羅會合，但是一碼歸一碼，要我明確表明自己加入愛麗兒的旗下也無所謂。

這並不代表我是愛麗兒的擁護者，而是透過希露菲才有這層關係，然而……

「不需要。因為你的力量實在過於強大，我應付不來。」

我有這麼強嗎？

本來我是這麼想，但這事態的進展對我來說也是求之不得。

畢竟要我跟在愛麗兒公主身邊做這做那的也很麻煩。

就坦率地接受她的提議吧。

「當然，如果你遇上什麼麻煩，也允許你使用我的名字。即使我現在陷於這樣的處境，但阿斯拉王國第二公主的名號，應該能派上用場吧。」

「感激不盡。」

有大人物願意當自己的靠山，自然是多多益善。

話又說回來，這樣的發展真的對我很方便。

既能得到希露菲，我又不用特別做什麼。

不僅如此，一旦發生了什麼問題時，還有愛麗兒會當我的靠山。

對於經常會引起問題的我而言，有愛麗兒這個靠山實在是很值得慶幸。

不過，其實也不是真的什麼都不用做，愛麗兒的言下之意，是一旦她要正式採取行動時，就會要求我徹底協助她。

總之，現在就別思考這些了。

「……愛麗兒殿下、路克，謝謝你們一直以來的照顧。」

希露菲摘下墨鏡，低頭鞠躬這麼說道。

我也效仿她的動作一同把頭低下。

就這樣，我和愛麗兒一行人締結了關係。

然後，也決定要和希露菲結婚。

第二話「結婚前需要準備的東西 前篇」

結婚。

這是我在前世未曾涉足的領域。因此不安的心情非常強烈。

儘管這對我來說是很重要的問題，但是心裡也的確會覺得放著保羅他們不管，就我一個人悠哉地結婚這樣好嗎？

但是說實話，我相當期待一旦成為夫妻關係後就會被原諒的那種事還有那種事。光想到我的毒牙將會伸向那惹人憐愛的少女，現在就已經令我垂涎三尺。不，當然我並不打算做會讓希露菲討厭的事。

不過真傷腦筋。

仔細想想，我並不清楚這個世界的結婚流程。

至少我目前為止從來沒看過所謂的結婚典禮。保羅也沒有和莉莉雅舉辦婚禮。我記得頂多也只是把村民叫來一起慶祝而已。阿斯拉的貴族一旦論及婚嫁是會舉辦派對沒錯，但是從沒聽說會舉辦婚禮。

話雖如此，也算是有婚姻、結婚與伴侶的概念。

然而我還是不懂。

所謂的結婚是什麼？要結婚的男人應該做什麼？要怎麼做才好？

明明我來到這個世界都已經過了十六年了，卻連這種基本的常識也不曉得。

不過沒關係。如果不懂那也無妨。反正人有學習能力。

既然不懂，只要去問就行了。

「您說結婚嗎？」

首先，我決定在晚餐時間問問看札諾巴（二十六歲、離過一次婚）。

場所是在宿舍的餐廳。

「本王子結婚時，是將家畜、士兵以及糧食等作為聘禮贈送給對方的家庭。」

看來在西隆締結婚姻時，以常識來說似乎是要由男方向女方的親族贈送聘禮。

「既然你是王子，不是應該由你收下聘禮嗎？」

「嗯？無論是不是王子，都應當由男方贈送吧。」

此時克里夫突然插進這個話題。

「在米里斯正好相反。女方的家族會讓新娘帶著嫁妝嫁過來。」

克里夫現在變得比較常和我們一起吃晚餐。

畢竟這傢伙也沒什麼朋友，應該很寂寞吧。

「噢，不過這樣一來女方的家庭不是人財兩失嗎？」

「相對的，如果女方家裡出了什麼事，男方一定得去幫忙。」

「原來如此。」

看來無論是米里斯還是西隆，對於婚姻是家庭與家庭之間連繫的認知都很根深蒂固吧。

「不過基本上只要種族不同，婚姻也是各式各樣。」

「那長耳族又是如何呢？」

「……我還沒有準備要和麗潔結婚。因為我們約好要等解除詛咒之後再說，所以並不是很清楚。只是麗潔和一般的長耳族不同，感覺對那種事情不會斤斤計較。」

真是慢條斯理啊。

不過即使像這樣交流各種情報，果然還是沒有提到典禮的事。難道這個世界不存在結婚典禮這種儀式嗎？如果沒有是也沒關係啦。

「要是我打算和誰結婚，會需要準備什麼東西嗎？」

「我想想……首先應該是房子吧？」

「嗯。」

聽到克里夫的話，札諾巴也點了點頭。

房子。房子啊……

「咦？突然就提到房子嗎？」

「當然啦。既然都要結婚了，沒有房子怎麼辦？」

我看向札諾巴，他也露出理所當然的表情點頭。

意思是在這個世界，要結婚的話就得先擁有一間房子嗎？這麼說起來，保羅也是在結婚那時開始定居在布耶納村。

聽說他在那之前都是住在旅社度日的冒險者，是後來拜託菲利普才得到了房子及工作。

「不過基本上宿舍是不能讓女孩子進入的喔。一般來說，不是結婚之後搬離宿舍，就是到畢業為止都暫緩結婚一事。因為這樣一來會沒有住的地方嘛。」

被他這麼一說才發現的確如此，我從未聽過有夫妻住在宿舍裡。

況且也沒有已婚者用的宿舍。

然而這邊的世界並沒有什麼「分居」的概念。基本上夫妻就是會一起生活。

「如果對方是家世好的大小姐，已經擁有一間房子的話倒是另當別論，但要是雙方都沒有房產，那麼交由男方負責準備才能展現出男人可靠的一面吧。」

從克里夫的話語中，可以看出很偏頗的男尊女卑觀念。

只是就算不考慮這點，這個世界的常識也差不多就是這樣的感覺啊？既然如此，按理來說就是由我負責準備了吧。不如說要是沒去準備的話，還可能會讓希露菲對我幻滅。

「明白了。首先是房子對吧。」

我這麼說完，克里夫擺出了狐疑的神情。

「是說魯迪烏斯，難道……你要結婚嗎？」

「……嗯，是啊。」

「和誰？」

克里夫這樣提問。

我該說出希露菲的名字嗎？

雖然這件事無疑遲早都會曝光，不過還是先暫時隱瞞一陣子吧。

「是治好我的疾病的人。」

「……噢，原來如此啊。那名字是？」

「呃，關於這點現在就先讓我保密吧。」

「這樣啊……算了，如果對方是米里斯教的人就告訴我吧。畢竟我認識這個鎮上的主教，若只是簡單的儀式，那我也能為你們獻上祝詞。」

「好的。」

看來，米里斯教團姑且還是有結婚典禮那類儀式。

日本會特別重視結婚典禮，但在這邊並不是這麼一回事嗎？

不過在這個世界，要是模仿不同宗派的儀式好像會招來別人的不滿。

說起來我並不是米里斯教徒。希露菲應該也不是吧。

「不過話說回來，房子啊……房子應該很貴吧。」

「師傅，如果您在金錢方面沒有餘裕，不如由本王子贊助您吧？」

「不……要是因這件事而拜託你感覺也挺丟臉的。」

我試著逞強了一下。

在這一帶的房屋行情不知道如何？希望我的手頭足夠支付。

「總之，明天就去鎮上看房子。如果我無能為力的話，或許到時就會麻煩你。」

「當然沒問題。本王子的存款起碼能買下這城鎮最大的房子，還請師傅放心。」

札諾巴這麼說著並笑了笑。

雖說是小國，但王族（上流人士）就是不同呢。

★★★

隔天，我前往房屋仲介公司。

一般而言，都是以領主出租土地以及建築物給領民的情形為多。

然而，在這魔法都市夏利亞並沒有明確的領主。

是由魔法三大國及魔術公會分別派人進行管理。

在沒有領主的狀況下引起的問題，則是設置名為「房屋仲介公司」的設施來解決。

實際上會引起什麼樣的問題我並不太清楚。

雖然我為了容易辨識而稱為「房屋仲介公司」，但其實有「土地管理斡旋所」這種感覺的正式名稱。

這裡會指示買賣空屋，或是允許在閒置的土地上增設建築物等相關事宜。

簡而言之，就是公家機關。

當我在房屋仲介公司的櫃台說：「我想要房子」後，對方就遞給我一份清單。

清單上已將房屋資訊集中記載在一張頁面。像是房子與土地的大小、占地面積、建築物的房數、價格以及住址……從小房間到大屋子，內容可謂各式各樣。

「嗯。」

說實話，我對該買怎樣程度的房子完全沒有頭緒。

果然還是要透天，附有庭院，能養狗的那種大小會比較好吧。

還是說即使是像長屋那樣的公寓也沒關係嗎？（註：長屋是將複數住戶以水平方式連結的共同住宅）

雖然就算小了點我也完全沒差……但希露菲是公主的護衛。即使撤除護衛身分，她們感情依然要好。

所以愛麗兒公主也有可能造訪我們家。到時候要是住家太過寒酸的話就不妙了。

話是這麼說，要是論及貴族用的高級住宅，我的手頭也負擔不起。

要拜託札諾巴贊助我嗎？

不，把那傢伙當作錢包使用多不好意思。畢竟我的手頭還是能買下像樣的房子。

「唔～」

說不定應該要和希露菲一起來。

畢竟要買這麼昂貴的東西，還是得和老婆商量才對。

不不，在這個世界好像是要先由男方購入房子後再迎接女方進門。

要是和希露菲商量這件事，說不定她會認為我是一個沒用的男人。

必須讓她見識到我身為男人的志氣才行。

「寬敞、房數又多，而且又便宜的房子……」

我邊看著清單邊尋找。

無論是在哪個世界，房子都理所當然地昂貴。雖然新婚用的公寓那種房子是很便宜啦……

「嗯？」

此時我發現了。

在清單的最後。

登記在老舊頁面上的透天房。就大小來說，說不定甚至能稱為公館或是宅邸。

儘管場所位於居住區的邊緣，但就位置上來說離魔法大學不會很遠。是兩層樓的建築，還有庭院及地下室。

然而價格卻便宜到嚇人，只在同樣水準的房屋一半以下。這種程度的話，即使買下我的手頭仍然會有剩。

要說缺點的話，就是屋齡稍微老舊了點。

「這間呢？請問為什麼會這麼便宜？」

我向職員如此詢問後，對方帶著苦笑說道：

「其實……這間公館遭到了詛咒。」

「哦，詛咒嗎？」

「是的，每到半夜，屋內就會發出嘰哩嘰哩的聲響，然而無論怎麼尋找卻都找不到任何東西。屋主想說是房屋發出的聲響而置之不理，沒想到一到隔天家裡的人就都慘遭殺害。」

真的假的……不過仔細想想，這類故事還滿常聽到。

詛咒之館。是不是有惡靈什麼的附身在裡面啊？畢竟在這個世界也有那類魔物。

「當初沒有進行驅魔嗎？」

「關於這點……其實我們有向冒險者工會提出委託，但始終沒有什麼人願意承接，即使有人願意接下，但那些冒險者也都遭到殘殺。」

簡而言之，看來是有各種原因，導致至今依然沒有人成功驅魔。

順便說一下，據說委託的討伐層級是E級。

雖然想提高層級，卻也沒有足夠的預算，加上和冒險者公會之間也有摩擦，似乎有各式各樣的難處。

「那魔術公會那邊呢？」

「在立場上他們難以對土地問題插嘴，所以要我們自己去想辦法，就是這樣。」

被詛咒的公館，還有幾乎對此棄之不理的房屋仲介公司。

話說起來，在魔大陸旅行時好像也曾有過類似的事。

這種事在這個世界算是很常見嗎？

「請問……如果我成功幫那間房子除靈，是否能將那棟房子免費讓給我呢？」

對方擺出一副「這傢伙在講什麼啊」的表情。

也是啦。反正就算賣不出去他們好像也不會傷腦筋嘛。

「不好意思。那麼現在先簽下臨時契約，日後我會再去現場看過房屋，到時如果中意的話再簽訂正式契約如何？」

「…………那麼，麻煩請在這邊留下您的大名。」

儘管殺價失敗，但我依然滿不在乎地在紙上寫下姓名。

由於還有類似擔保人的欄位，所以我就順手寫下了愛麗兒和巴迪岡迪的名字。

遞出。然而當職員看到申請書，突然臉色大變衝進屋內。

緊接著馬上就出現了像是負責人的人物。還一邊來回搓著手。

光看到名字就有如此反應，我也變得出名了嘛。

不，說不定是愛麗兒和巴迪岡迪的名字發揮了作用。

兩者皆有吧。

稍微聊了一下後，殺價的交涉成立，會再以半價賣給我。

是說，他對待我的方式非常小心翼翼。我可沒打算要當奧客喔。

★ ★ ★

幾天後。

我來到了那間幽靈宅邸。

儘管屋齡破百年，但是建築物本身看起來非常堅固。或許是由於在這個世界的所有物體都寄宿著魔力，因此要腐朽老化都得花上相當長的時間。

整體的框架感覺是以石頭和泥土所建造而成，地板之類的則是鋪上木板。

是木材與石材的複合式建築。雖然牆上緊緊纏著藤蔓與青苔，除此之外相當乾淨。我原本還以為會更破爛。

「好啦，札諾巴先生、克里夫先生，我們走吧。」（註：模仿《七龍珠》中的弗力札的語氣）

我的背後站著札諾巴和克里夫。

雖然我是A級冒險者，但也不會自我膨脹到敢單槍匹馬前往一無所知的場所。

因此，就拜託靠得住的坦職，札諾巴與我同行。

就算出現了拿著菜刀的西洋人偶，札諾巴應該也能設法處理。

克里夫是因為他露出想要成為同伴的眼神所以才帶來。

話雖如此，他是會使用上級神擊魔術的天才。如果對手是惡靈系的魔物，一定會派得上用場吧。

「這間房子相當不錯。儘管看起來略嫌狹小……不過這種程度應該恰到好處。」

「不，以兩個人生活來說不會太大了點嗎？一開始應該要先買小間的房子，等到覺得空間變狹窄後再存錢搬到別處也可以吧？」

兩個人意見相左。

意思是我可以取個中間值，像這樣的大小就好了吧。

「由於有些問題，所以價格沒有那麼昂貴。好了，我們走吧。」

「既然師傅都這麼說了，那本王子沒有意見。」

札諾巴這麼說著，不急不徐地走在前頭。

他手上拿著一根棒子。那是我準備的武器。

出討伐任務時，我認為赤手空拳還是不太妥當，但因為他具有怪力，好像會弄壞手上的武器。因此，我就用魔術做了根棍棒給他。這樣一來即使弄壞也不用錢。

克里夫走在正中央。

手上握著看起來昂貴的魔杖，東張西望地環顧四周。雖然本人好像自認這樣就是在保持警戒，但在我看來只覺得他怕得要命。

至於我則負責殿後，防備從背後而來的攻擊。

在這樣的隊伍，最重要的就是保護身為治癒術師且同時具有火力的克里夫。

因此身為經驗者的我站在背後嚴密戒備會較為安全。

我們穿過裂開的石板道路，到達入口。

是扇龜裂的木門。其中一邊的鉸鏈已經損壞。這也是修繕一下比較好。

「雖然我認為沒有遭遇陷阱的危險，但還是兩位千萬小心。」

「是，師傅。」

提醒他們注意的同時，我也先開啟預知眼以防萬一。

札諾巴將手放在門把上，就直接把門給拆了。絲毫沒有任何遲疑。

「我說你啊，別突然弄壞嘛。」

「失禮了，是因為門歪了沒辦法打開。反正到時應該也需要翻修。」

看樣子，乍看之下沒有問題的另一扇門似乎也已經歪到沒有辦法打開。

「這樣啊，不過下次要先知會一聲，知道嗎？」

「是，師傅。」

札諾巴就只有回話很乾脆。

總之，我們進入了屋內。

進門後馬上就是大廳。在正面有前往二樓的樓梯，左右兩側則是門。

在樓梯的旁邊，有通往屋內的走廊。

不知道房屋仲介公司是否有定期過來打掃，裡面並沒有堆積太多塵埃。

儘管從外面看是間幽靈宅邸，但裡面很明亮，採光佳，是間不錯的房子。

「師傅，請問該怎麼做？」

「總之先從一樓的右手邊開始，將所有的房間都巡視一遍。我想應該是沒有陷阱，但天花板和地板也有可能已經腐朽，還請注意頭頂及腳下。」

「了解。」

札諾巴點點頭，克里夫轉頭說道：

「總……總覺得你很專業耶。」

「……我好歹也是A級冒險者嘛。」

「啊……噢，是這樣沒錯。」

克里夫不知為何好像有點緊張。

這麼說起來，前陣子他好像和艾莉娜麗潔快樂地去冒險，但沒聽說後來怎麼了。是發生了什麼事嗎？

「話說回來，前陣子的冒險怎麼樣？」

「…………我被他們貶得一文不值。」

「這……畢竟他們是S級嘛。」

Stepped Leader的成員應該也沒有把他說得那麼一文不值的意思吧。

畢竟他們知道對方是新手，所以沒有惡意，只是打算要教育他才會從旁說三道四。不過聽的一方是怎麼想的就另當別論。

克里夫自稱為天才。至今為止應該從來不曾被一味地指出不好的部分吧。

「我該怎麼做才好？」

「一旦發現敵人，就請你用初級的神擊魔術攻擊敵人。」

「了……了解……那如果敵人不是靈體的話該怎麼做？」

「到時就交由札諾巴或我來應付，請你退到後方。」

聽到我這樣說，克里夫的表情變得有點不太高興。

還是先幫個腔吧。

「要是克里夫學長使用魔術，或許會因為威力過強導致整間房子毀損。」

我這樣的說法克里夫似乎也願意接受。

對於新手來說，還是讓他們專心在一件事情上比較好。發現敵人的話就使用神擊魔術。一開始先這樣就好。不然的話，很有可能會捅下簍子。

「札諾巴。雖然我認為你沒問題，但會使用魔術的魔物也有可能潛伏在這裡，請你要特別注意。」

「請交給我。」

不知道是不是札諾巴意外地具有武人氣質，完全不會膽怯。實在可靠。

踏入大廳右手邊的門內後，是一間寬敞的房間。

有二十張榻榻米（註：約十坪）以上的大小。而且採光也很好，裡面還設置了一個大型的暖爐。應該可以稱為客廳或是飯廳吧。只是暖爐令人在意。

「克里夫學長，這暖爐……是魔道具嗎？」

「……不……不知道，這就不清楚了。我調查看看。」

克里夫打算直接窺探暖爐裡面。

「Stop。說不定有什麼東西躲在裡面。」

我阻止他的行動，決定自己去查看暖爐。

總覺得有種不對勁感，為什麼？

「唔……」

由於這一帶的冬天寒冷，因此暖氣設備相當重要。如果是魔道具的暖爐，可以讓整間房子都暖和起來。

如果不是的話，就把改造也納入將來的計畫吧。

不過在寒冷的天氣中，和希露菲全裸抱在一起取暖也讓人難以割捨……

「我通風一下。要是裡面有魔物的話說不定會衝出來，請大家注意。」

我提醒眾人注意，並在暖爐的管中使用魔術，試著灌入強風。

但什麼事都沒發生。儘管我豎耳傾聽，依然沒察覺到任何動靜。只有煤炭從上面掉落。

雖然先試著升個火比較好，但要是在上面開了洞引起火災就不好了。

總之，我先探頭進去從下方一探究竟。

在煙囪的裡側看得見天空。姑且先點燃火光照了過去。

沒有感覺到有物體潛伏在裡面。應該沒問題了吧。

「克里夫學長，麻煩你了。」

「知道了。」

克里夫稍微探索暖爐內側，馬上就發現了魔法陣。

畢竟他最近很認真調查魔道具和詛咒，果然很有一套。

「這還能用嗎？」

「不點火試試的話我也不清楚，但魔法陣本身看起來沒問題。」

「這樣啊，謝謝你。」

好。我點點頭，往下一個房間移動。

接著是從入口看過來最右邊的房間。這裡的地板是用石材製成的，有類似爐灶的物品。

我想這裡大概是廚房吧。

在爐灶旁邊掉了一塊布片，我撿起來一看，發現是條破破爛爛的圍裙。

說不定希露菲會用裸體圍裙的打扮在這裡為我煮飯。

一產生這種想法，就莫名興奮了起來。

啊，不行不行。我今天是來擊退疑似惡靈的某種東西。

不是在這邊讓某種東西一柱擎天的時候了。

我把爐灶裡面這種可能會有生物躲藏的場所全都翻找一遍。

「很好，沒有異常。往下個地方。」

就這樣，我們把房間一間一間檢查過去。

在樓梯的後面發現了通往地下室的門，不過那邊待會兒再處理。

我們沿著逆時針方向依序前往一樓的所有房間。

沒有異常。儘管有些場所的塵埃堆得比較多，但漂亮得讓人想像不到這裡的屋齡已有百年以上。

會不會是之前的住戶曾翻修過呢？

「這裡就是最後了啊。」

一樓全部都看完了。

看了平面圖才知道，這間宅邸的形狀是左右對稱。

然而在另一邊的廚房卻沒有爐灶。或許那並不是用於煮飯，而是另有其他用途。

像是用來洗衣服之類……不過就先稱呼那裡為廚房吧。

廚房：兩間。

大房間：兩間。

小房間：四間。

廁所：兩間。

給人一種像是把兩棟透天房並排合在一起的感覺。

只有在入口正面有樓梯。

「地下和二樓。有可能出現惡靈的會是哪裡？」

「應該是地下。」

「是地下吧。」

全員意見一致，所以我們決定先去地下室。

去地下室的門位於通往二樓的樓梯內側。

打開乍看之下彷彿像是倉庫的附鎖房門，就看到了樓梯。

我點燃事先帶來的油燈，交給札諾巴與克里夫。

「我會從隊伍的中央用魔眼觀察。即使覺得危險也請不要讓油燈離手，因為在黑暗之中我沒辦法完全掩護。」

「哈哈哈，本王子可是神子。根本沒什麼好怕的。」

札諾巴一邊說著讓人信賴的死旗一邊走下樓梯。

還是得謹慎一點啊。畢竟也有可能才剛打開門就突然有箭飛過來。

算了，區區箭矢就算射到札諾巴，好像也只會「鏘」一聲彈開。

就在我胡思亂想時，已經來到了通往地下室的門前。

「嗯，什麼都沒有呢。」

門另一側的空間相當空蕩。

只有一些木製的架子並排在那裡，感覺就是個沒有放任何東西的倉庫。

試著往暗處照了一下，沒有感覺到有任何東西潛藏於此。儘管牆壁有些汙漬，但也並沒有呈現人型。頂多只是壁板的一端稍微腐朽了點罷了，總之下次再來把壁板換掉……

沒有魔物。還真是掃興。

「好，那麼我們去二樓吧。」

我們離開地下室回到入口，就這樣直接走上二樓。

鋪著木頭的地板甚至不會發出嘎吱聲。相當牢固。

來到了二樓，我們逐一巡視房間。二樓的構造也是左右對稱。

在每個角落都有間較大的房間，內側則是與寢室相連。

除此之外，就只有六張榻榻米（註：約三坪）大小的房間並排在那。

房數全部共八間。

六張榻榻米大小的小房間有四間。

十二張榻榻米（註：約六坪）大小的中房間有兩間。

中房間裡面與有六張榻榻米大小的寢室相連，而且還備有陽台。

「嗯。」

在寢室裡放張大床吧。

就是那種三人在上面滾床都綽綽有餘的床鋪。或者是擺兩張普通的床鋪並排也行。

不，在小小的床上把身體貼在一起睡覺也不壞。

醒來之後，可以馬上從身旁感受到溫暖。一伸手就能揉到貧乳的性生活。這樣也不錯。

總之，床很重要。因為每天都會用到。

噢，我當然不是只以情色為目的喔。

畢竟每天都得睡覺嘛。

「克里夫學長。」

「怎……怎麼了？發現什麼了嗎？」

「如果是夫妻要使用的話，你覺得床鋪果然還是大一點比較好嗎？」

「…………啊？」

克里夫沉默了幾秒鐘，深思，猛然吸了口氣，接著再嘆了口氣。

「我說你啊。那種事情的確很重要沒錯，但光想著那檔事的話對對方很失禮啊。」

「……是啊。嗯，是這樣沒錯。」

不知為何這句話很有說服力。果然艾莉娜麗潔每天都只想著那檔事吧。

每當房間裡只剩下兩人獨處，就會兩眼充血襲向克里夫的艾莉娜麗潔。

很容易就能想像到這幅畫面呢。還是銘記於心吧。

不過一碼歸一碼，床還是選大一點的好了。

「呼，沒看到呢。」

我巡視完最後一間房間，在鬆了一口氣的同時這麼說道。

「那麼，就要按照預定在這裡住一晚對吧。」

「嗯。麻煩你們了。」

雖說姑且是試著找了一遍，但我本來就不期待會出現。

畢竟原本就聽說那傢伙是在半夜才會現身。隨著嘰哩嘰哩的聲音一起。

真是令人毛骨悚然。

不過我想恐怕是有某種魔物棲息在此處。

不知道是幽靈系的魔物，還是其他種類的魔物。

然而既然棲息在城鎮裡，想來應該不會是什麼厲害的魔物，不過畢竟有低層級的冒險者承接委託失敗而死，所以還是不能掉以輕心。

搞不好，只是強盜之類的把這裡當作據點也不一定。

像是為了要撬開入口門鎖所以才會發出嘰哩嘰哩的聲音。不對，入口已經壞了。那麼是從後門嗎？可是這裡沒什麼人類生活過的跡象，所以這個推測不可能。

嗯，搞不懂。

雖說為了慎重起見才三個人一起來……看來應該要把艾莉娜麗潔也帶來才對。

畢竟薑是老的辣，說不定她會傳授什麼智慧。

不過說實在的，要是現在遇上那個女人，就性的方面來說，感覺我可能會把持不住。

在半夜把風時悄悄靠近背後的身影。在耳邊呢喃的誘惑。

「克里夫睡在旁邊耶。」

「這樣不是更好嗎？」

我也知道這樣更好，所以不太好啊。

「今晚就在這裡待命。」

我在二樓角落的寢室如此宣告。

「光待一天或許還不會現身，但總之今晚就在這裡過夜吧。」

「嗯，真擔心茱麗。」

「我也擔心麗潔。」

兩人各自述說自己擔心著留下來的女人。

茱麗是個聰明的孩子，也明白自己身為奴隸的立場。她待在貴族眾多的宿舍一角，不會草率地做出會刺激周遭的事情。應該不用擔心吧。

艾莉娜麗潔是個淫靡的女人，也明白自己很受歡迎。既然克里夫晚上不在，說不定會趁這個機會去外頭拈花惹草。真是令人擔心。

相對的，我的希露菲現在在做什麼呢？她今天應該也在擔任公主的護衛吧。

既然一如往常，那就沒什麼好擔心的。

不對，雖然我有說過今天要出門，但卻沒交待要在外頭過夜。

說不定她會在睡前想和我聊個幾句而過來我房裡。

然而，卻發現我不在那裡。希露菲只好佇立在寒冷的走廊。

並喃喃自語地說「魯迪……好慢喔……」。

真擔心。

「馬上就要日落了。」

聽到札諾巴這句話，我看向映照在窗戶上的夕陽。

要是現在出發回去也已經晚上了。希露菲應該早就回到女生宿舍了吧。

不，就算沒有當面說清楚，其實我只要事先在門前留張紙條寫說今晚不在就好了。

好，就這麼做，現在馬上就這麼做。

不，等等。在我離開的這段期間要是他們倆被幹掉的話該怎麼辦？這樣不行。我好歹也是這個隊伍的隊長。

冷靜下來，這只是件小事。

只要事後好好說明，希露菲也會諒解我。

不對，等等，我記得以前曾在哪聽過。據說「如果只是一點點的話」這句藉口一旦積少成多，最後就會產生巨大的裂痕。可惡，我有不好的預感。

像這種時候，得故意自己插個死旗驅散不好的預感才行。

「札諾巴。」

「請問有什麼事？」

「……我……在完成這個委託之後就要結婚了。」

「是。真想要快點結束，好在這間宅邸盛大慶祝一番呢。」

儘管札諾巴歪著頭露出不解神情，依舊點了點頭。

真糟糕。一旦試著說出口，反而湧起了超乎想像的不好預感。

要是現在得意忘形說什麼「祝福我們吧，對我們來說那是必要的」，感覺最後甚至會結不了婚。（註：出自《JOJO 的奇妙冒險》第六部〈石之海〉的納魯西索・安那蘇）

總之，還是先把某種堅硬的物體放進胸前的口袋好了……

雖然有這樣的念頭，但胸前根本沒有口袋。

這樣一來，要是357麥格農子彈突然射過來我也沒辦法擋住。

就在我腦中正在胡思亂想時，克里夫突然加入我們的對話。

「要慶祝的時候，也要記得找我和麗潔喔。」

「那當然啦。」

「這樣的話就好，我是無所謂，但要是麗潔被當成局外人的話就太可憐了……」

因為克里夫是個不會看氣氛的傢伙，所以每當有這種聚會時總是會被排除在外吧。

真是可憐的傢伙。我會記得找你的。當然，也會找艾莉娜麗潔一起。

噢，不過話又說回來，現在的成員實在太陽剛了。

真想快點結束回去揉一揉希露菲的貧乳。

不對，現在得努力忍耐。因為之後要怎麼揉都行。

當我在腦裡胡思亂想時，黑夜已經來臨。

另一方面，此時的希露菲聽說魯迪烏斯為了自己正在準備房子的消息，而沉浸在豐富的妄想中抱著枕頭滾來滾去。

第三話「結婚前需要準備的東西 後篇」

晚上要彼此輪班盯哨。

這次的計畫是讓兩個人先睡，一旦發生異常，醒著的傢伙就立刻把其他兩人叫醒。

尤其是在發出「嘰哩嘰哩」的聲音時，我提醒他們不需確認聲音來源，要立刻把人叫醒。

我們睡覺的場所，是以前住戶慘遭殺害的場所。也就是位於二樓角落的房間。

惡靈的出現或許和場所也有關連。

儘管我不認為會是土匪強盜之流，但若是如此倒也輕鬆。因為如果對手是人類，那應付起來就簡單了。至少把他們給逮住還能用來補貼結婚資金。

如果對手是魔物，那就更容易了。Search & Destory。

實在輕而易舉。

★　★　★

「魯迪烏斯！醒醒，有聲音！」

異常狀況發生在克里夫負責站哨的時候。

我馬上一躍而起，確認當下的時間。

為了要讓彼此維持淺眠的狀態，大約會輪流睡兩個小時。由於不知道正確的時間，因此使用沙漏輔佐。

現在已經倒過來第二次。時間是丑時三刻。正適合惡靈出沒的時間。

「請把札諾巴叫起來。」

我簡短地告訴克里夫，並向門邊移動。

接著，側耳傾聽。

嘰哩……嘰哩……

……喀噠……喀噠……

…………嘰……嘰……

啊，不妙。真的聽得見。可以很清楚聽到類似椅子摩擦的聲音。

實際聽到後還挺嚇人的。

我抿緊嘴唇，開啟預知眼。

「啊呼……」

札諾巴邊揉眼邊打了個大哈欠。

我確認到這點後，把手放在門把上。然後為了不發出聲音，慢慢地將門打開。

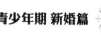

我看向走廊。沒東西。

以防萬一，也看向另一側。什麼都沒有。

上面、下面。沒有。

我豎耳傾聽，但什麼都沒聽見。聲音已經停下。

札諾巴清醒後移動到我的背後。

「如何呢？」

「在視線範圍內什麼都沒有呢。」

是要在宅邸內探索，或者是要在發生某種異變前先在這房間待命？

以前的住戶認為是聽錯而置之不理，因此喪命。

表示只要在這裡待命，應該會發生某種狀況……

不對，都發出了那麼明顯的聲音，以前的住戶起碼也會去調查一下。

就效法他們吧。

「去搜尋敵人。」

「明白了。那麼隊形就按照之前那樣？」

「嗯，小心點。」

「既然有師傅守護背後，那本王子就安心了。」

札諾巴手中拿著棍棒。

克里夫則是心神不寧地跟在他的後面。

「克里夫學長，你還記得要做什麼嗎？」

「用……用神擊魔術。」

「就是這樣。麻煩你了。」

看來不要緊。

札諾巴擔任肉盾，克里夫使用神擊魔術，如果無效的話再用我的岩砲彈(Stone Cannon)。很好。

「札諾巴，走吧。」

開始夜間探索。

由於白天已經先調查過一次，所以在房子的哪裡有什麼東西已在掌握之中。

尋找敵人的行動順利進行。

首先把二樓的所有房間都調查過。沒有異常。

接著，我們謹慎地走下一樓。逐一巡視每間房間，並檢查像是暖爐或爐灶等等可以藏身的場所。沒有發現異常。

每間房間都乾淨漂亮。

「師傅，再來就只剩地下室了。」

「是啊。」

我們往地下室移動。

樓梯後面的門扉。通往地下的樓梯。

好暗。儘管白天調查時什麼都沒發現，但不知是否心理作用使然，感覺地下開始飄散著某種異樣的感覺。

我好像也緊張了起來。可以聽見心臟怦咚怦咚跳動的聲音。先做一次深呼吸吧。

我一邊警戒著背後，同時走下樓梯。這給人一種像是墜落到地獄的感覺。

到達地下室。

「怎麼樣？」

「什麼都沒有。」

札諾巴這麼回答。

我也試著用燈油照了一下周圍。儘管連角落也仔細地查看過了，但果然什麼也沒有。

不過基本上，之前的住戶好歹也調查過地下室了吧。畢竟這裡最為可疑。

話雖如此，只要看過一眼就能明白這裡什麼也沒有。

「總而言之，我們先回一趟房間，防備敵人襲擊吧。」

既然有發出聲音，那麼敵人就會出現。

或者說，也有可能是打算直到我們熟睡之前都先觀察狀況……

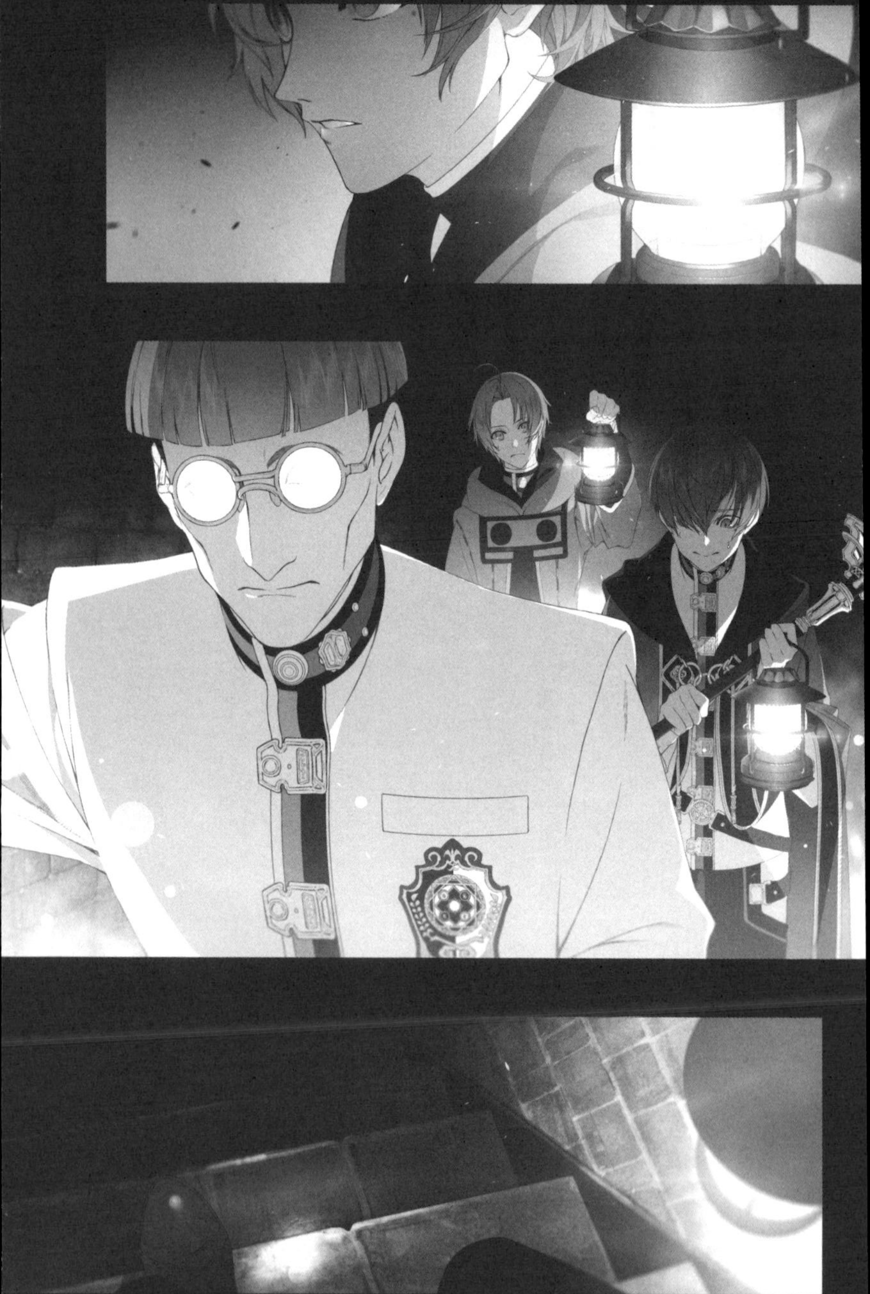

既然如此，明天乾脆裝睡試試吧。

我們小心翼翼地離開地下室，接著走上二樓。

穿過走廊，回到之前待命的房間。

「札諾巴。敵人也有可能已經潛伏在我們睡覺的房間，開門時請小心。」

「明白。」

札諾巴握緊棍棒，慢慢地把手放在門把上……開門。

「……」

什麼也沒發生。

「……看來似乎不要緊呢。」

不在。也沒襲擊過來。

「呼……」

我鬆了口氣。

果然還是該視為敵人會在我們睡覺時襲擊過來嗎？還是例如說會在上廁所時襲擊之類？

話說回來，還沒調查過庭院呢。明天把庭院那邊也仔細調查一下吧。

此時，我無意間轉向後方。

出現了。

就在走廊前方。

用彷彿爬行般的動作壓低姿勢。只從樓梯那探出上半身，歪著頭似的注視著這邊。

那是……人類嗎？

有眼睛。有鼻子。有嘴巴。沒有頭髮。沒有耳朵。

而且也感覺不到生命的氣息。

「……」

那傢伙…在黑暗之中露出蒼白的剪影，注視著這邊。

就這樣，我和那傢伙彼此對看了數秒鐘。

「喔……」

就在我想要說什麼的那瞬間——

那傢伙動了。

彷彿彈跳似的挺起上半身，朝二樓這邊飛奔過來。

與人具有相同程度的大小……但卻不是人。

手有四隻，腳也有四隻。

在一片漆黑之中，那傢伙一邊揮舞手上那像是木樁的物體，同時移動那四隻腳，悄然無聲地用驚人的速度衝向這邊——

「嗚喔啊啊啊啊！」

腳軟了。

我一屁股跌到地上，反射性地擊出岩砲彈。此時閃過腦海的是擔心這招或許會破壞房子。這份猶豫使得岩砲彈的威力減弱。儘管岩砲彈擊碎那傢伙的肩膀，也只能令它晃動幾下。

那傢伙沒有停下。

它朝著我舉起木樁。當我正打算使用魔眼迴避攻擊時……

「師傅！」

札諾巴飛奔到我眼前。

木樁狠狠地往札諾巴打下去。

分毫不差地插在心臟。

「札諾巴！」

然而卻沒刺穿。

那傢伙的木樁無法貫穿札諾巴身為神子的皮膚。

不……不愧是札諾巴！完全不當一回事！（註：出自《機動戰士鋼彈》第26話）

札諾巴用單手抓住它的顏面。

它抖動八隻手腳拚命掙扎，同時使朝札諾巴一陣猛打。

「將恩惠賜予慈母般大地的吾之神啊！對違背天理的愚蠢之徒給予神罰吧——

『Exorcistrate』！」

克里夫從房間探出一半的身子進行詠唱。

魔杖發出白色光芒，直接命中了那傢伙。

然而，它的動作卻沒有停止。莫非這傢伙不是靈體？

既然如此……我把手伸向那傢伙。

岩砲彈。這次要直接打在它臉上。但是在這個位置會打中札諾巴。

「札諾巴，讓開。我要使用岩砲彈！」

「請稍等，師傅！」

札諾巴沒有讓開。儘管衣服被木樁扯得破破爛爛，仍舊不肯讓開。為什麼？

「夠了，快讓開！讓我來收拾！」

「請稍等一下！師傅！拜託您！」

札諾巴抱緊那傢伙。

簡直就像要保護它不受我攻擊似的。

那傢伙依舊持續地抖動掙扎。札諾巴的衣服也變得越來越破爛。

可以看見不像是擁有怪力之人的瘦弱背部。

數秒鐘……數分鐘……時間就這樣流逝。

起初那傢伙動得相當激烈，但動作慢慢地越顯遲鈍……最後終於停止動作。

「呼……」

札諾巴確認了這點後，就脫下殘破不堪的衣物，用來綁住它的手腳。

「師傅，請先回房裡。」

「好。」

我在札諾巴的催促下，回到了房裡。

★　★　★

克里夫在房間裡不斷發抖。

「不……不是的，我可沒有逃走喔。是想說在那麼狹窄的走廊，可能會妨礙到你們。」

「……是啊。這判斷很正確。」

「對……對吧？」

雖然沒有說服力啦。

算了，事出突然其實我也嚇了一跳，所以也沒資格說別人。

「師傅。」

「札諾巴，得救了。不過啊，這樣太危險了吧。因為就算是你，也不像某個魔王那樣擁有不死身啊……」

「太驚人了，師傅。來，請您過目一下。」

札諾巴非常興奮。

他完全無視我的話，將剛才抱著的傢伙喀啦一聲放到地面，這聲音聽來意外地輕。

接著札諾巴拿油燈照亮那傢伙。

「這……這是……人偶？」

那裡倒著一個被塗成藍白色的木製人偶。

手腳各有四隻。雖然模樣異常，但確實是人偶。

本來想說為什麼沒有腳步聲，原來是因為腳上有裹著布，一塊漆黑的布。

原本以為是木樁的東西其實是折斷的手臂。在四隻手臂裡面，已經有兩隻折斷。

臉上附著勉強可以稱為鼻子和嘴巴的東西，眼睛裡面則是裝著類似玻璃球的物體。

這眼睛實在太過無機質。原來我是和這種東西對上眼啊。

老實說，外形毛骨悚然到讓我不太敢看。何況不知何時又會再動起來……

望向克里夫後，他好像也和我持相同意見。

我拿好魔杖，不敢大意地凝視著人偶。

「師傅，這很驚人啊！」

只有札諾巴的反應不同。

他似乎難掩興奮之情。每次看到稀奇的人偶，他總是如此。

「札諾巴，就算你再怎麼喜歡人偶……」

「師傅！這個人偶動了啊！它是會動的人偶！」

聽到他這樣說，我才會意過來。

沒錯。這個人偶……剛才襲擊了我們。

「會動的人偶……」

會動的人偶。自動人偶。機械人偶。女僕機器人。哈哇哇。（註：出自《To Heart》角色瑪露琪的口頭禪）

這樣的詞彙在我腦海中閃過後，恐懼感瞬間減弱。

「的確很驚人呢。」

「師傅，您總算察覺到了嗎？」

札諾巴以「像師傅這種人怎麼可能會沒有注意到嘛」的口氣問道。是種會刺激自尊心的語氣。

「是啊。幸好沒有弄壞。札諾巴，你的判斷沒有錯。」

「呵呵，本王子一眼就發現這是人偶。」

「真了不起。你辨識人偶的眼光已經凌駕在我之上。」

我適當地誇獎了一下露出得意表情的札諾巴。

不過，居然是會動的人偶啊。仔細想想還有會動的鎧甲什麼的，在這個世界存在著各種會

動的無機物呢。

雖然這人偶是木雕的，但說不定也有可能讓石製人偶動起來。

要是能讓人偶自己動起來的話……

如果能開發矽膠那類的素材，製造出帶有人類肌膚的人偶的話……

然後，要是那能動的話……

有夢最美，希望相隨。

「札諾巴，怎麼辦？我現在內心雀躍不已啊。」

「師傅，本王子也是。現在都快要流淚了！」

首先就把這具人偶帶回去吧。

然後再調查這到底是怎麼動起來的。

「喂，你們也該適可而止了吧！」

突然被罵了。

轉頭看去，克里夫正緊緊握著魔杖瞪著我們。

「現在不是說這種話的時候吧！」

「這種話是什麼意思！」

札諾巴抓住克里夫的顏面，讓他整個人懸上半空。

「啊嘎啊啊啊！！」

被舉到空中的克里夫抓住札諾巴的手臂，但札諾巴紋風不動。
好久沒見識到這招了。
「人偶可是動了啊！為何你無法理解這件事的重要性！」
「好痛啊啊啊！魔……魔物裡面也有會動的鎧甲之類的吧！」
魔物。
聽到這個詞彙，讓我想起原本的目的。之所以會來到這裡，不是為了捕捉會動的人偶。是為了得到這間房子而來。
不對，得到這間房子，查明會動人偶的祕密，這兩者並非不可兼得。
「札諾巴，把手放開。」
「唔，可是師傅……」
「克里夫學長說得沒錯。」
札諾巴一鬆手，克里夫立刻開始詠唱治癒魔術。
這個怕疼的傢伙。
「這具人偶恐怕就是惡靈的真面目吧。」
「嗯。」
「而且可能不只一具。我們再去搜索一次把它們抓起來吧。或許還能找到人偶的設計圖什麼的。」

「喔喔，原來如此，確實是這樣！」

札諾巴露出了心領神會的表情點點頭。

「今晚可不能睡覺喔，我們要徹底查明這具人偶原本究竟在哪。」

於是，我們開始第三次的搜屋行動。

★★★

有可能藏匿這種大型人偶的場所。

就之前兩次巡視宅邸的感覺來看，並沒有那樣的場所。我原本以為在沒找過的庭院會有什麼發現，但也沒有這回事。

只發現那具人偶的腳印清楚地印在雪地上而已。

因此，我腦海浮現一個想法，就是在某處存在著密室。

這是間完全以對稱方式建築的屋子。只要尋找沒有對稱的部分，或許就能發現什麼。

我湧起這種想法，一邊確認一樓和二樓的平面圖一邊試著尋找可疑的場所，但一無所獲。

應該說屋裡實在暗到難以辨識。即使有任何異常之處，在這種狀況下或許也不會察覺。

「說不定明天中午再重新調查看看比較好。」

我們採用克里夫的意見，決定明天再來探索一次。

在搜索之前，先把人偶帶回魔法大學。
我們決定先把它的雙手雙腳用繩子捆綁使其無法動彈，再放在札諾巴的房間。
到了明亮的地方一看，才知道這具人偶相當老舊。看起來呈現著藍白色，是因為原本漆成白色的塗料剝落，上面發霉的緣故。
「Master，這是……新的人偶嗎？」
我原本以為茱麗會害怕，但並沒有這麼一回事。
不僅如此，她反而興味盎然地探頭過來提問。
「要把它……弄乾淨嗎？」
札諾巴偶爾會從市集購入莫名其妙的人偶，她也會負責幫人偶進行清潔工作。據札諾巴所言，要深化有關人偶的教養最有效的方法，就是帶著一顆慈愛的心去擦拭磨亮人偶使其變乾淨。看樣子教育進行得很徹底。
「不知道該怎麼做才能再讓它動起來呢？」
「等處理完宅邸的事再來調查吧。」
札諾巴似乎想調查人偶想得無可自拔。
我明白他的心情。儘管我能明白，但還是希望他能冷靜。
總之，先將人偶封印在我用土魔術製作的箱子裡了。
因為要是我們不在時害茱麗被襲擊可就糟了。

我們回到宅邸。

在途中購入了大量的油燈，將整間宅邸照得燈火通明。這是為了排除一開始來的時候因為光線不足而沒有注意到的可能性。

也調查了暖爐裡面。甚至還鑽進裡面查看，徹底調查了一番。

「嗯，不是這裡。」

我一邊拍掉身上的煤灰與蜘蛛網，結束暖爐的搜索工作。

此時，我察覺到昨天那不對勁感的來源。

是因為地板沒有被煤灰弄髒。簡直就像是打掃過似的，被擦拭得乾乾淨淨。

仔細想想，裹在那具人偶腳上的那塊布是黑色。

說不定它每夜每晚，都用那塊布在打掃宅邸。不對，布什麼的只要用過就會髒汙。既然黑到那種程度還比較像是……

啊，難道那塊布……是魔力附加品？

不，先不要管這件事吧。

好啦，二樓、一樓、地下。

……可疑的果然是地下嗎？

我們將照明器材帶入地下，門則是就這樣開著，因為要是缺氧就糟了。

考慮到樓梯的途中也會有某種機關的可能性，那裡也詳加調查了一番。

我們把油燈擺放在地下室空曠的空間。

「快看，真驚人，就像白天一樣明亮呢。」如果是童話故事裡的人物，或許會這麼說。

「把這裡照亮一看，就一目了然呢。」

在地下室的角落，有塊用木板製成的牆壁。

在黑暗中光是用一兩盞油燈照明的話看不太清楚，但只要這樣照亮一看馬上就會發現。

在牆壁的一角，呈現出一塊漆黑的四角形狀。

那是暗門。

在剛建好的那段時期，只是照明四周應該無法辨識，然而隨著時間經過，開關的部分已經變髒，這才使得外觀浮現出來。而且地面上也清楚地留著開關後的痕跡。

「好，馬上進去看看吧！」

克里夫與高采烈地試圖開門。

我為了預防有敵人突然襲擊，用魔眼目不轉睛地盯著那扇門。

此時克里夫卻突然停下了動作。

「怎麼了嗎？」

「我不知道怎麼打開。」

聽到這句話，我也湊過去一看，發現上面的確沒有類似門把的物品，以及拉門常見的凹槽。

話雖如此，看起來也不像是抬上去的類型。

「師傅，要弄壞嗎？」

札諾巴如此提議，不過我搖搖頭否決。

儘管已預定要全面翻修，但我還是不想讓房子損毀得太嚴重。

「嗯……」

我看向地面。

那裡殘留著門開關過後的痕跡。絕對是用來開的。門是由這一側打開。

「唔。」

這時，我注意到那道痕跡有個有點奇怪的地方。

開門的痕跡是從左側數來第三塊地板才開始出現，稍微偏離了門上黑漬的位置。

看到這一幕，我開啟了記憶的抽屜。

就是前世我在國小的教育旅行時去了趟忍者村，在那裡看到的暗門。

我回想起這件事後，試著推了左側。

門發出了「嘰」的聲音。但是還不足以打開。很重。

「札諾巴，試著推這裡看看。」

「嗯。」

我交給札諾巴去推。

於是，門發出了「嘰哩嘰哩」的拖曳聲開啟。原來在半夜發出的聲音，就是這個嗎？暗門的內側附有把手。從內側關門比較輕鬆嗎？

「陷阱……雖然我認為沒有，但或許會有其他東西。請大家小心。」

我一邊這麼說著一邊進入門內，用油燈照亮房間。

落入陷阱或是遭遇襲擊的可能性只不過是我杞人憂天。

那裡是間狹小的房間。

只有一張桌子，還有一張木製的臺座而已。

在桌上放著幾本書及墨水壺。瓶蓋已經裂開，裡面的墨水已然蒸發殆盡。

至於臺座這邊，該怎麼形容才好呢，應該比較接近棺材吧。就是大概那樣大小的木塊。在其表面感覺有個人偶模樣的凹槽。仔細一看，在放置頭部的場所……就是相當於眼睛的部分鑲嵌著一顆透明的石頭。

我的直覺告訴我這裡就是那具人偶睡覺的地方。

恐怕那具人偶就是藉由躺在這裡來補充電力……不對，補充魔力的吧。

「克里夫，你知道這臺座是什麼嗎？」

「不，我是第一次看到。」

克里夫搖搖頭。

他正提心吊膽地觸碰臺座。

應該不會突然觸電吧……

我瞄了克里夫一眼，將手伸向放在桌上的書。可以看出來被放置了相當久的時間，但所幸沒有蟲蛀過的痕跡。難道那具人偶還會順便滅蟲嗎？

書皮上有標題還有一個紋章。標題無法辨識。

我打開內容一看，發現果然也看不懂上頭的文字。既然是我不懂的文字，那表示是天神語或是海神語，再不然就是用其他的小眾語言寫下的吧。

但是，總覺得不論紋章還是文字我都曾在哪見過。

是在哪裡啊？會是在魔法大學的圖書館嗎？

我一頁一頁翻開，發現上面還畫了一些圖。

是人體的圖，還有魔法陣的圖。我繼續翻頁，找到上面畫著手腳各有四隻的人類圖像。

「……札諾巴。」

「是。」

在入口待命的札諾巴朝我這走來。

「這個，我想上面應該是寫著那具人偶的資料，你怎麼看？」

「本王子看不懂上面的文字。不過應該沒錯。」

「哪個？讓我看看。」

就在我們進行對話時，克里夫也過來湊了一腳。

我隨手翻頁，讓三人一起看著一本書。

姑且不論紙張，因為將紙裝訂起來的繩子也已年代久遠，感覺隨時都會散掉。

上面有圖、箭頭以及文字。恐怕還寫上了解說或是註釋，但我完全看不懂。

手臂的零件圖、魔法陣、箭頭還有註釋。

在空白的部分還密密麻麻地寫了很多東西。

「光從圖來看的話，和魔道具的魔法陣倒是有幾分相似。」

克里夫喃喃說道。

「是這樣嗎？」

「是啊，雖然我是最近有在調查才知道，但我曾看過類似的魔法陣。看樣子那具人偶八成是魔道具。」

「原來如此。」

試著假設一下吧。

上上一個住戶，不，八成是這間房子最一開始的住戶曾研究那具人偶。

由於這套魔法陣會觸碰到某種禁忌，因此是避人耳目偷偷研究。

我想，他應該是打算讓那具人偶擔任保護這間宅邸，類似警衛那樣的角色。

後來那名最早的住戶將這項研究完成了一半。

儘管從那具人偶狀態來看似乎還殘留著許多問題，但至少已成功地讓它能與入侵者戰鬥。

然而，那名最早的住戶卻不見了。

究竟是半途而廢搬家了，還是東窗事發被捕，關於這點不得而知。

但既然他留下了研究成果，表示遭逢不測而死去的可能性很高。

人偶……恐怕起初就一直沉睡在這個臺座上吧。

不過後來卻因為某種理由而啟動。它一邊打掃宅邸內，同時四處走動展開擊退入侵者的行動。

它身上大概被設定了一旦打掃完一遍後，就會回到這個臺座充電的程式。

被殘殺的人物，則是運氣不好被人偶認定為「入侵者」。這樣想應該比較合乎邏輯。

不過既然能進出庭院，那就算有個目擊者也不為過啊……

啊，不對，入口的門已經壞了。

話說起來，整棟建築物裡就只有那道門是壞的。

說不定是之前住戶基於防盜之類的理由進行過更換。

由於門的形狀改變，所以讓它變得沒辦法打開。

原本設定的程式是要連庭院也一起巡視，但由於門打不開，人偶也只好放棄這個動作。

然而，我們在進來時把門給弄壞了。

所以它便遵照程式連庭院也一起巡視。此時正好跟我們擦身而過，一直到回到二樓才總算追上我們。

這樣想的話就沒什麼問題。

「不管怎樣，照這感覺來看，應該是不會有第二具了。」

這樣一來，這件事總算告一段落。

★★★

為了慎重起見，我又仔細將宅邸內徹底搜尋了一遍，並再觀察了幾天。現在半夜不會再發出聲音。

在確認這間房子已經安全之後，我前往房屋仲介公司，正式簽訂了房屋契約。

至於惡靈的真面目，我解釋是定居在地下隱藏房間的凶惡魔物。

隔天業者就會進屋，開始協助清潔或是補修等事宜。

雖然也被問到是否要添購家具，但我只跟他要了一些最低限度的東西。

像這種東西，還是應該和希露菲一起挑選比較好，會有這種想法是源自日本人的感覺吧。

而且我也有些部分想自己加工，實際上要住進去得等大約一個月後左右。

現在眼前就已經浮現了希露菲高興的表情。

「妳看，這就是我們的 My Home 喔！」

「呀～魯迪好棒！」

「因為房間還滿多的，所以要生幾個小孩都沒問題！」

「居然連未來的事情都考慮好了，真迷人，快抱我！」

「當然了甜心，我已經準備好床鋪了。」

「魯迪，快來把我搞得一塌糊塗——！」

儘管這樣的事情不太可能發生，但還是情不自禁露出一臉賊笑。

……她應該不會露出難以言喻的表情吧？像是「唉，魯迪，你就只能準備這種程度的房子嗎？」之類的。

嗯，希露菲不會這麼任性……應該。

不過話又說回來，這份工作還真是有賺頭。

僅僅幾天就得到了房子，甚至還得到了留在房子裡的遺產。

那具人偶肯定是魔道具。

原本像那種東西或許必須提交給魔術公會之類的地方……只是啊，畢竟我現在尚未隸屬魔術公會，應該沒關係吧。反正那東西是原本就附在買下的房子裡，我只是順手收下而已。

將手續辦完後，我們決定先搬走留在地下室的研究資料。

臺座由札諾巴來扛，書之類的則是由我來搬。

這些要用來研究那具會動的人偶。

「師傅。」

在我們踏上往魔法大學的歸途中。

札諾巴換上一臉正經的表情向我搭話。

他的肩膀上扛著巨大的臺座。儘管臺座的重量重到讓人覺得製作時並沒有事先設想到要如何搬運，但對札諾巴來說是不費吹灰之力。姑且也是有用布包起來，只是從遠處看來說不定像是在搬運棺材。

「怎麼了？」

「研究這個會動人偶的任務，是否能全權交給本王子呢？」

我不由自主地望向他的眼睛。

在那圓框眼鏡的深處，看得見至今從未有過的決心。

「本王子不僅魔力總量稀少，連手藝也不靈巧。聲稱為了茱麗而開始製作的赤龍，也盡是在扯師傅後腿，害得作業遲遲沒有進展。」

沒有這種事……要這麼說是很簡單，但我很清楚他正為了這件事煩惱。

我不該把這麼輕率的話說出口。

「可是，如果是這方面，會讓本王子認為自己或許也有可能辦到。老實說，閱讀這本書後，本王子可以自然而然地揣測出作者究竟想做什麼。」

哦，這樣啊。同樣身為喜愛人偶的人，正因有著能互相理解的地方，因此就算不理解語言也讓他察覺到了什麼也說不定。

「要解析語言或許需要花上一點時間。把一切交給師傅來解決說不定會讓研究進展更為快速。」

可是……

這就難說了。畢竟我也無法把時間都耗在人偶身上。搞不好交給札諾巴會更順利。

「如果那人偶又失控的話該怎麼辦？」

「即使人偶失控，交給本王子的話可以毫髮無傷地制伏它。師傅也看見了吧？」

也對，關於這點倒是沒有問題。

雖然我有點害怕它在半夜突然動起來，但若不用這臺座充電的話，應該是不會再動了吧。

再怎麼說，放在札諾巴的房間實在有點不妥，還是向魔法大學借一間研究室比較好。

要借門很牢固的那種。

不，說不定這有用到禁忌之術那類的技術，還是在別的地方研究比較妥當吧？

不過七星也在進行類似轉移魔法陣那類的研究，我想應該不要緊。

為了以防萬一，就請七星幫忙寫封介紹信吧。我記得那傢伙是A級公會成員嘛。

「拜託您，師傅！本王子不希望師傅有朝一日實現計畫之時，自己只是提供資金而已，本王子不想看到這樣的結果！」

「…………」

不過，札諾巴也想了很多呢。

雖然我有點擔心他每次碰上人偶的事就會忘我……但像這種事還是交給他比較好。

「求求您！請將這項研究交給本王子！」

由於我噤口不語，似乎讓札諾巴會錯意了。

他當場屈膝跪地。試圖把臺座放在地上攤開雙手，像是想要當場趴臥在地。

看來是打算在雪地中做出五體投地的姿勢。

「我明白了。札諾巴，快站起來！這件事就交給你了。」

「是真的嗎！」

我這麼說完，札諾巴猛然站了起來。

臉上充滿喜悅的神色。這傢伙態度也切換得挺快的。

「不過，或許也有涉足到禁術領域的可能性。」

「您說禁術嗎？」

「是啊。總而言之，我會先向魔法大學借研究室，你就在那裡研究吧。」

「…………謝謝您！」

札諾巴再度重重低頭鞠躬。

這個動作，導致臺座呼嘯一聲掠過我的鼻頭。

太危險了。要是直擊到我的頭蓋骨怎麼辦。

「我說你們啊，在大街上不要這麼顯眼好嗎……」

最後，克里夫喃喃說了一句。

就這樣，札諾巴開始研究自動人偶，而我獲得了房子。

再來就是重新裝潢。

第四話「叩人心弦」

拉諾亞王國，魔法都市夏利亞。

在有眾多學生居住的這個都市一角，坐落著一棟問題住宅。

那就是屋齡百年的魯迪烏斯宅。至於這棟房子的問題，那就是……

「幽靈宅邸」。

儘管古老的外觀讓房子看來像是棟洋房，然而上面青苔叢生，被枯萎的藤蔓纏繞著的模樣，只能用毛骨悚然來形容。

打算住在這棟房子的，是委託人魯迪烏斯．格雷拉特先生。

前A級冒險者，現為魔法大學的學生。雖說是因為要結婚才買下這棟房子，但似乎對房子的氛圍有著強烈的不滿。

那麼，在這棟房子有著什麼樣的問題呢？

只要踏入腹地內，就會看到沒經過整理的庭院、毀損的入口、到處都殘留著汙漬的牆壁及天花板、漏雨的屋頂，不知是否還能使用的暖爐……

簡直讓人聯想到廢墟一詞。

「儘管在魔力要素上似乎還挺耐用的，但果然無法否認這種老舊感。作為新婚的新居來說，稍微過於有特色了些。」

他想要一棟適合新婚的漂亮住宅。

此時一位男子挺身而出，承接委託人這樣的願望。

那就是裝潢工匠。「大空洞的巴爾達」。

他隸屬於巴榭蘭特公國的魔術公會，是一流建築師。

從建築物的設計到建造都能勝任，是從事這行三十年的超級老手。

他以在米里斯神聖國學到的建築技術為基礎，建築了魔法大學的別棟校舍等等，實際功績相當輝煌。

儘管有稍微頑固的地方，不過此人脾氣好，技巧也是貨真價實。

他經常把槌子掛在腰間，具有就算是別人家，只要看到不中意的地方就會打掉重蓋的工匠氣質。

無論是建築物還是弟子，他都會用槌子一一敲正修復。這樣的他被人稱為「鐵鎚的巴爾達」。

「嗨，我來啦。你就是泥沼啊！聽說要結婚了是吧！」

出面迎接這位工匠的，正是這次的委託人。

在街頭巷尾被稱為「泥沼的魯迪烏斯」的他，連工匠也直爽地稱呼他泥沼。

「是的。巴爾達先生，還請多多關照。」

巴爾達知道魯迪烏斯這個名字。

因為他已從自己的老友塔爾韓德從前的伙伴艾莉娜麗潔口中聽說過此人。

「雖然為了結婚而買下房子，但狀況就如您所見。」

「總之，可以讓我先到家裡面粗略看一下嗎？」

「請進。」

才正打算要踏進屋裡，工匠立刻皺起眉頭。

「喂，這是怎樣，入口根本慘不忍睹啊。簡直就像被硬拆開來一樣嘛。」

「好像是因為門的開關有問題沒辦法打開，所以才不得已破壞的。」

「真是的，最近的年輕人什麼東西都二話不說就弄壞，你們對物品的敬意根本不夠啊。」

「您說得對。」

聽到工匠充滿憤怒的話語，委託人用輕描淡寫的態度帶過。

那態度簡直就像是在表示門不是自己破壞的。

工匠很不中意這種態度，然而現在只能壓抑自己的情緒。

這是因為他聽聞「泥沼的魯迪烏斯」這個人一旦發怒，就會變得非常可怕。

「那門要怎麼辦？」

「怎麼辦……是指？」

「像是材質啊，設計什麼的。如果沒特別要求的話，我就用自己的判斷來打造。」

「我對材質之類並沒有特別要求，但麻煩請使用堅固的材料。另外，請姑且還是幫我裝個門環。」

「那裡是入口，這也是理所當然。」

接著工匠進入屋內，再次面露難色。

「相當老舊了吶。」

「是……是這樣嗎？」

「雖然地板的作工挺仔細，但相較之下牆壁和天花板就很粗製濫造。簡直就像地下室是最重要的，其他地方像是順便做的一樣。」

「您連這種事都能看出來嗎？」

「那還用說。」

工匠具有獨到的眼光，可以一眼看出哪裡好哪裡壞。

地板、樓梯、二樓、餐廳，廚房以及暖爐。

據他所言，這些地方的完成度很高。

可以看出是具有天才般手藝的木匠，運用了百年前的建築技術與魔法技術建造而成。

然而像牆壁、天花板等處有部分進行過修改，使得這些地方變得有點奇怪。

「不過，這種程度很快就能修好。」

工匠發出值得信賴的話語。對此感到鬆了一口氣的委託人，進入寬廣的餐廳。

「是大房間啊。採光還不壞嘛。」

「您覺得暖爐如何？」

「我看看。」

不知是否還能使用的暖爐，讓工匠的眼神為之一亮。

「這是不錯的暖爐。雖然有點老舊，但還是別擅自改裝比較好。」

「不用修嗎？」

「來，你看刻在這裡的簽名。」

工匠手指的前方，是彷彿在某處看過的紋章。

「這是大約一百年前左右的天才魔道具製作師的簽名。只是現在已經不太有名了。若是在阿斯拉王國，附有這簽名的魔道具可以賣到極高的價錢。說是這麼說，但基本上都盡是一些小東西。沒想到他在這間屋子做了這麼大的暖爐啊……」

「…………」

浮現在委託人腦海中的，是前些日子在這間屋子發現的日記上記載的紋樣。

那和刻在這暖爐裡的紋樣非常神似。

看樣子，那似乎是第一任屋主親手製作的東西。

「所以，這個大房間要怎麼處理？」

「我想想。一般來說應該要怎麼處理？」

「畢竟是大房間嘛，通常會擺上大桌子供宴會時使用。另一間就當作備用。在因為某種理由而不能用這間時，就用另一間來替用。」

「意思是平常不會使用嗎？」

「一般的話啦。不過對我們這種過普通生活的人來說，大房間什麼的有一間就夠了。」

「也是呢……那麼，另外一間請幫我設計成可以放鬆的休閒風。」

「收到。」

放鬆的空間。

聊著這樣的對話，工匠與委託人移動到下一個房間。

「廚房也有兩間啊，然後其中一間沒有爐灶是吧。」

「沒有爐灶的意思是指當初並沒有使用嗎？」

「因為這裡有排水口，應該曾用來當作洗衣間跟浴室吧。」

「………噢，浴室嗎！」

工匠逐一巡視廚房與洗衣間。

確認排水口是否有堵塞、劣化的狀況後，他點了點頭。

「這裡也沒有特別需要修補的地方。以屋齡來說維持得倒挺乾淨的。可能是本來就沒什麼在使用了吧。」

「工頭，其實我有件關於這裡的事想找您商量……」

委託人說出自己的提案，工匠聽到後眼神一亮。

「你想的事情還挺有趣的嘛。不過因為沒有材料，搞不好會比較貴喔。」

「材料就交給我用魔術來製作。」

「意思是你會設法處理嗎……畢竟那可是好東西嘛。好吧，我會盡量試試。」

委託人將自己的想法託付給工匠。

★　★　★

隔天。

巴爾達召集了十名部下，開始著手重新裝修的工程。

●第一章「門」

一大早，一扇巨大的門就被送達至此。

那是刨削高級木材後製作而成的門。

在堅固的門板外側附有仿照獅子模樣製成的門環，在門的角落還編入了小小的魔法陣作為防盜對策之用。

「這不是什麼厲害的魔法陣。只是若試圖硬把門撬開，整間宅邸都會響起巨大的聲響。」

「感覺也可充當鬧鐘呢。」

委託人對工匠的創意露出無畏的笑容。

●第二章「洗衣間」

這個場所，正藉由工匠之手完成巨大的轉變。

首先，像是要將房間一分為二似的，在中間製作了門檻。

在門檻另一側的石製地板鋪上了磁磚，房間的角落則挖了一道傾斜的溝槽。

接著在房間的角落擺放著四方形的石箱。是個感覺能讓三個人躺在裡面的巨大箱子。並讓那物體嵌在有些許凹陷的地面上。

另外還在天花板附近開了扇小窗。

這究竟是要做什麼用的呢？

●第三章「地下室」

在昏暗的地下室，出現了工匠與委託人的身影。

「這地下室不錯啊。這樣的話老鼠也很難跑進來。」

「是的。然後是有關這邊的暗門……在這道門的後面呢，希望能請您幫我製作這樣的東西。」

「為什麼要製作這麼詭異的……啊～算了，我就不多嘴啦。雖然我是個米里斯教徒，但你看來不是啊。」

工匠遵照委託人的要求，把器材搬入地下室，並把暗門角落的汙漬清洗得乾乾淨淨。

★　★　★

兩週後，重新裝修公開當天。

委託人帶著妻子前來新居。

「你想讓我看的東西會是什麼呢～好讓人期待喔～」

「語氣也太假了吧，希露菲。妳該不會偷偷地收集了情報，其實老早就知道了吧？」

「咦～你在說什麼，我完全不懂耶。」

委託人和語調平板的少女打情罵俏，在雪中走了過來。
「在我不知道的時候，那個老實又溫馴的希露菲也開始會說謊了。這麼一想說不定還挺令人開心。不過呢，被妳像這樣正大光明地欺騙，都害我擔心今後妳是不是又會說謊了呢。」
「嗚……可是，魯迪也有不對啊。明明只要用上愛麗兒殿下的名號，再怎樣也會傳到我耳裡，但你直到最後都不肯跟我說嘛。」
「那是我失禮了。」
委託人和妻子似乎可以永無止境調情下去。
「因為你什麼也不肯說，這樣我也會很不安啊。那個，畢竟魯迪又那麼帥……」
「妳怕我會花心嗎？真令人傷心。」
「不是啦，你想想，我……那個……就是那邊，你知道嘛……太小了啦。」
看到妻子露出不安神色的那瞬間，委託人露出一臉賊笑。
「怎麼，妳會在意胸部啊？放心吧。叔叔我呢，可是平等主義者喔，和那些帶有歧視主義的臭男人是不同的。嗚嘿嘿。」
「什麼叔叔啊……啊，等等，別突然揉過來，不行啦……就說有人在看了嘛！」
「是。對不起。」
在來到家門前時，委託人就像是個被主人訓斥而捲起尾巴的小狗那般消沉。
妻子一邊扶正有點戴歪的墨鏡，一邊說了聲：「真是的。」，看起來有些生氣。

「你要考慮時間和場合啦。像這種事情得等到晚上，要在床上才行！懂嗎？」
「是，希露菲葉特小姐。我不會再犯了。」
「啊，不……不過要是無論如何都忍耐不了的話……那個……咕噥……」
「怎麼，聽不見喔……因為叔叔的耳朵不太好嘛。」
來看房子的就是這樣的兩個人。

■ Before Side ■

石頭上長滿青苔，牆壁上纏繞著藤蔓，各處的窗戶破損，入口處則是由一道毀損的大門支撐。

魯迪烏斯宅就像這樣，醞釀著宛如有魔女在此居住般的毛骨悚然氣氛。

■ After Side ■

長滿青苔的石頭已被擦亮，牆壁用全新的塗料漆成了一片白色。

原本甚至褪色到分不清是什麼顏色的屋頂，已經被重新塗上明亮的綠色，大門則是設置了兩道穩重的焦褐色門。

鉸鏈上的獅子閃耀著金色光輝，簡直就宛若看門狗一般。

妻子見到此景，捂住了嘴巴。

「如何？」

「那個……呃……如何是指？」

「我把屋頂選了一個接近希露菲以前髮色的顏色。或許希露菲會討厭那顏色，但其實我還滿喜歡的。」

「咦？啊，是啊，哇～……」

看來似乎比妻子所預期的還要更接近她的理想。

妻子就這樣捂著嘴巴，仰望著新家發出讚嘆的聲音。

「來，也請進裡面看看吧。」

兩個人進入屋內。

玄關處擺放著擦腳用的毯子。

似乎體現出委託人對這個世界不脫鞋文化感到擔憂的心思。

「右邊是飯廳，左邊是客廳。要從哪邊開始看？」

「我想想，那麼，就從飯廳？那邊好了。」

「喜歡飯廳嗎！很好。您肯定會越來越中意的喔，來，請進。」（註：出自電影《魔鬼司令》的台詞）

說話的語氣像是哪國的汽車業務似的，隱約流露出委託人的緊張。

他們走進面對入口處左手邊的房間。

大房間的風格迥然不同。

首先是擺放了一張大型長桌。儘管上頭並沒有裝飾，卻是個能坐下十人的桌子。牆壁上貼著白色的壁紙，房間的角落擺著插有小花的花瓶。大暖爐已被修復，鋪上的全新紅磚點綴著整個房間。

「哇~好驚人。」

「到時看是要在這邊，或者是在客廳用餐。」

「這麼長的桌子是要用來做什麼的？」

「應該會在招待客人時使用。」

「啊，對耶，也是。畢竟也有客人會來嘛。」

妻子摘下墨鏡搔了搔耳朵後面，委託人則用慈愛的表情輕撫她的頭部。

此時委託人一定心想，這桌子不僅要提供給客人，將來甚至還要坐滿孩子。

「來，接下來往這邊。是客廳喔。」

兩人移動到客廳。

溫馨的居家空間呈現在眼前。

宛如要將暖爐環繞起來一般設置的沙發。

擺放在沙發附近的小桌上，擺著水壺和杯子。

在這房間，能隱約感受到工匠遵照委託人要求，打造出休閒居家風格的精湛手藝。
「總覺得這房間很棒呢。我可以坐坐看嗎？」
「那當然了。嗯啊啊，先別這麼說，現在椅子還有點硬，不過只要用過一陣子似乎就會變柔軟了。」（註：出自電影《魔鬼司令》的台詞）
「我還沒坐下啦……是說，總覺得魯迪你從剛才開始語氣就好怪喔。」
「因為我有點緊張嘛。」
妻子誠惶誠恐地在沙發上坐下。
「其實不會硬喔。」
「這樣啊，那太好了。」
委託人也坐在妻子身旁。
然後就這樣摟住妻子的肩膀，兩人面對面，眼神相對。妻子緩緩地閉上雙眼……
結果委託人卻是把妻子扶起。
「往……往下一個房間去吧。是廚房喔。還請過目我魯迪烏斯宅引以為傲的烹調設備。」
「嗯……嗯！」
廚房。在那裡除了之前的石製爐灶外，連最新的烹調器材也一應俱全。
即使獵到巨大的山豬也能完美解體的大型調理台。
放著隨處可見的大型鍋子的爐灶。

然後，還有隨處可見的保存用木桶、壺以及瓶子。

「這裡很普通。」

「很普通呢。」

突然變得一臉正經的委託人，妻子也用嚴肅的表情點點頭。

好了，接下來是洗衣間。穿過走廊，從入口進入裡面。

此時，妻子歪著頭表示不解。

「咦？好窄喔。」

那間房間有巨大的木桶、洗衣板，然後放著幾個約有兩手環抱大小的籃子。

儘管這樣的大小用來洗衣服也不會有問題，但讓人有點在意。

尤其是連接至裡面的那道門。

「請過目。」

委託人打開通往裡面的門。

於是……

真是太驚人了。

在門的另一側，居然蓋了一間巨大的浴室。

只是個連石製爐灶也沒有的房間。
要用來洗滌衣物稍微過於寬敞，有點煞風景的第二廚房。

■ After Side ■

地板已鋪上磁磚，房間角落有著能儲存滿滿熱水的巨大浴池。
從做出傾斜角度的溝槽之中，正嘩啦嘩啦地流出熱水。
從一間普通的石製房間，搖身一變成為雅緻的浴室。

「呃……這該不會是……浴室？」
「不愧是希露菲。原來您知道浴室啊？」
「啊，嗯。以前還待在王宮時有稍微看過……可是我還是第一次看到這麼大間的浴室。這是不是叫溫泉來著？」
「其實和溫泉有點不太一樣。」
妻子臉上藏不住驚訝之情。
委託人用慈愛的眼神注視著妻子的臉龐。從他的表情彷彿可以聽見「混浴真令人期待呢嘿嘿」這種漆黑的心聲。
「現在只是為了展示給妳看才放好熱水，平常的話會把水放光。」

「嗯。呃……待會要教我怎麼泡喔。哇！」

委託人抱緊妻子。

看來，他是因為妻子突如其來的一句話而感激不已。

「真是的，怎麼了啦……？」

「沒有，只是我之前一直在煩惱該怎麼樣才能讓妳和我一起洗澡，所以情不自禁。」

「什麼怎麼樣……浴室應該不是一個人進去泡的吧？像愛麗兒殿下也是一直都跟隨從入浴啊。所以我也有過泡澡的經驗。也曾經幫愛麗兒殿下洗澡呢。」

「……根據某個部落的做法，夫妻之間會互相幫忙洗彼此的身體喔。妳知道嗎？」

「是這樣啊……那倒是有點難為情呢。不過我會加油的。」

在這樣的對話之後，兩人爬樓梯登上二樓。

原本擔心會漏雨的天花板也被漂亮地修復，展現出光亮的木材肌膚。

委託人筆直地走向裡面的門。

「目前在二樓準備好的就只有這間房。」

「……啊，好棒。」

踏入房內一步的妻子，驚訝地瞪大了眼睛。

映入眼簾的，是張即使三人躺在上面都綽綽有餘的床鋪。在上頭只放了一顆委託人中意的枕頭。

「為什麼要放這麼大的床？」

「那當然，是為了要美味地享用希露菲呀～」

「……啊，對喔。也對呢，嘿嘿嘿。」

委託人與妻子的臉上，綻放出靦腆的笑容。

★　★　★

就這樣，我試著用某部實況記錄片的風格將新房子介紹給希露菲。

現在希露菲正坐在床上依偎著我。

她露出喜悅的笑容，心情相當愉快。我想能讓她滿意比什麼都還來得重要。

想要就這樣趁勢推倒她，切換到夫妻之間的行為上。

但是，在那之前有些話要對她說。

「希露菲，自從我說要結婚之後，已過了大約三週。儘管時間感覺短暫，然而也過了一段時日。」

「呃……對。」

之所以講話恭敬，是因為我要講嚴肅的話題。

希露菲好像也察覺到這點，調整姿勢正襟危坐。

「即使說要結婚，但老實說，我並不清楚該怎麼辦才好。雖然像這樣買下了房子，說實話，我還是會不由自主地覺得這樣實在過於貿然行事。」

「沒……沒有這種事啦，而且我很高興。倒不如說像我這種人，真的可以住在這麼棒的房子嗎……」

「這樣啊。既然沒有問題的話就好，但是我現在想說的，是關於將來的事。」

關於將來的事。

我這麼說完，希露菲面紅耳赤，開始忸忸怩怩了起來。

「呃，如果魯迪想要的話，要生幾個都可以喔。可是因為我長耳族的血統很濃，說不定會很難懷孕……」

「呃……噢。」

非常讓人興奮的台詞。

反正這裡又不是現代的日本，我也不想說明明都結婚了，還得因為經濟上的理由說不想生小孩。

嗯。我忠於自己的本能。

所謂的生物本能就是生殖。所謂的生殖就是傳宗接代。

「不過，愛麗兒公主的護衛工作妳打算怎麼處理？」

可是，我自認理解希露菲的工作狀況。

雖然我不知道愛麗兒公主的想法為何，不過一旦有孕在身，應該也沒辦法繼續擔任護衛的工作吧。

不過如果只有這樣，其實只要由我來代勞就好。畢竟若只論戰鬥力，我也還挺高的。

但是護衛的工作並不只有如此。

「怎麼處理是指……？」

「這樣不會很難兼顧嗎？」

「關於這方面的問題，我已經先和愛麗兒殿下討論過了喔。」

似乎已經討論過了。想想也是。

「反正我們還要在這個國家待上兩年，而且畢業之後也不會馬上就回阿斯拉王國。基本上是把時間定在五年左右。所以，那個……」

希露菲似乎不打算辭去護衛的工作。沒有輕易地出現放棄護衛一職的選項，可以感覺到她與愛麗兒及路克之間有著強烈的羈絆。

如果是從前那個還依賴著我的希露菲，不知道會怎麼抉擇？是不是會把一切棄之不理，說要和我白頭偕老呢？

雖然這樣我也挺開心的……

「對不起……仔細想想，這樣對魯迪很失禮呢……明明你都為我買下這麼棒的房子，卻因為我還得擔任愛麗兒殿下的護衛，沒辦法常常回來住……這樣我實在沒資格當你的妻子。」

希露菲臉上帶著沉痛的表情低下頭。

看來男人工作，女人顧家的這種認知並不太強烈。

是因為這個世界的男女強度並沒有太大差異嗎？

話雖如此，據說男人工作，女人顧家的做法姑且還是比較理想的。

「我的話……果然不行嗎？」

希露菲眼中含淚如此問道。

總覺得有種對不起她的感覺。

我過了兩年的禁欲生活。如今已取回性欲，噴出了兩年，不，三年份的白色血液。

在我腦裡已經輸入了希露菲＝幫我做色色事情的人這樣的公式。

簡而言之，我對希露菲的好意大半都來自性欲。

這甚至很接近所謂的銘印效應。

然而，我並不覺得這件事本身有何不好。

對我來說，性欲很重要。而希露菲為我取回了如此重要的東西。

甚至不惜使用自己的身體。

我是連獸族都會嚇得退避三舍的性獸。

而她卻讓這樣的我喝下媚藥，襲擊自己。希露菲是第一次，但我卻很粗暴，想必她一定很害怕吧。儘管如此，她卻完全沒表現出那樣的態度，早上起床後還面帶微笑看著我。

拜此所賜，我才能取回力量。

所以如果希露菲說不行，那還有誰能辦到。假使我現在不能找個適當的理由和希露菲結婚，因而導致希露菲被其他男人搶走的話，我應該會後悔一輩子吧。

要是被搶走的話……對了，希露菲已經是我的所有物。

「希露菲是我的。」

「呼耶！啊，是。我是魯迪的。」

「所以請妳跟我結婚。」

仔細想想，說不定我還是第一次……像這樣明確地對希露菲表達心意。

「……好的。」

希露菲面紅耳赤地點點頭。鬆了一口氣。

「關於護衛的工作，就不用在意了。家裡的事情我也會努力的，希露菲，妳就去做妳自己想做的事情就行了。」

「嗯。」

「不過啦，如果可以的話我是希望妳能隔個幾天就回來陪我一起睡覺啦。」

「嗯？」

欲望從嘴巴走漏了。

「……你說睡覺，呃……是指那個意思對吧？」
「沒有沒有，我當然不會強迫妳。要是不行的時候，只要讓我稍微揉一下希露菲的貧乳就不要緊了。」
「呃……我……會努力喔。我沒想過要讓魯迪忍耐喔。」
「不可以勉強。要確實地治癒一天的疲勞才行。只要在晚上睡覺前，或是起床時讓我稍微摸一下的話，就可以自己處理了。」
欲望不斷地湧現出來。
不，就算在希露菲面前裝模作樣也沒意義。因為我原本就是這樣的傢伙。
「魯迪就那麼喜歡我的胸部嗎？」
「最喜歡了。」
「可是路克說我的胸部根本就沒有魅力……」
「那個年輕小伙子說的話沒有一件事可信。」
越是年輕的人越會去拘泥胸部是大是小。
然而重要的並不是那種事，而是心啊。對吧，胸部仙人。
「不過，我和魯迪的幾乎沒什麼差別耶。」
「不，我這經過鍛鍊的大胸肌，和希露菲的美麗貧乳完全不同。不然妳要不要摸摸看？」
「啊，嗯。」

我這麼說完後試著挺起胸膛，希露菲的手便輕輕地靠了上來。

「的確完全不一樣呢……感覺好硬……」

「哼！」

「……哇！」

我得意忘形試著抖動胸肌，希露菲慌張地把手放開。

「這塊胸肌是希露菲的所有物，所以妳隨時來摸都行。」

「……我……我雖然是魯迪的所有物，但你要摸的時候得考慮一下時間和地點喔。」

「現在呢？」

「現……現在……不……不是在講重要的事嗎？」

啊，對喔。離題了。

「總之，關於我到底想說什麼呢，就是為了讓今後的婚姻生活過得幸福圓滿，要是對彼此有什麼要求，或是有任何不滿的話，我們兩人得好好互相溝通。我想講的就是這樣。」

在我像這樣強硬地做出結論後，希露菲點了點頭。

「嗯。是啊。」

「那麼，妳目前有什麼話想要先對我說的嗎？」

希露菲沉思了一會後，閉上雙眼。

然後，露出了有點寂寞的表情笑著說道：

「你不要……突然消失不見喔。」
「……嗯。」
是啊。要是對方……突然就消失到某處，那會很痛苦啊。
「明白了。我不會突然消失不見。」
約定好了。
我自認能理解喜歡的對象消失不見的那種辛酸。
「……」
「……」
這樣一來，重要的事姑且談完了。
儘管還有一些需要講或是商量的事情，但是那些之後再慢慢解決就好。
「……那，可以嗎？」
「請……請便。」
希露菲一臉緊張地挺起那平坦的胸部。
我打算直接揉搓那對雙峰……但忍了下來。
上一次變得跟野獸沒兩樣。這次比起欲望，還是以溫柔對待為優先考量吧。
我溫柔地抱緊希露菲。
就這樣，慢慢地將她推倒在床上。

「……不……不是要揉嗎？」

「那是早上和晚上要做的。」

「嗯……嗯。」

在極近的距離注視著彼此。

希露菲那溼潤的眼裡，映照著我的臉龐。

她緩緩地將眼睛閉上。我一邊輕撫著她的頭，同時送上生硬的一吻。

★　★　★

當晚。我拖著慵懶的身軀，走進地下室。

在入住後還沒經過多久的這間地下倉庫，現在尚未擺放任何物品。

只是象徵性地擺了幾張櫃子而已。

我朝向裡面走去，並把手放在藉由工匠之手重新修好的暗門上。

■ Before Side ■

開關時會發出嘰嘎聲的吵人暗門。

明明是暗門，卻因為角落髒汙，只要照亮一看根本是一目了然。

■ After Side ■

用來開關的地方使用了新的金屬，並充分上油潤滑，門變得能無聲無息地打開。

使用在地下室的牆壁建材全部翻新，如今任誰也無法看出那裡有一道門。

靜靜地被打開的那個空間。

被小巧地供奉在其中的，是神龕。

那是由原木組裝而成的小型神社。用黑亮石頭製成的祭壇，以及被供俸在裡面的聖物。

過去那個骯髒的研究室已被打掃乾淨，轉變為一片神聖莊嚴的空間。

在這夜深人靜的時刻，我在這全新的聖域獻上對神明的祈禱。

第五話「婚宴·準備」

家裡的重新裝修工程完工後的這一週。

希露菲從愛麗兒那獲得了七天休假。

似乎是愛麗兒為了希露菲著想，希望她能度過一個圓滿的婚姻生活才這麼安排。

於是我順應她的好意，在這七天七夜，對希露菲撒嬌，希露菲也對我撒嬌，度過甜甜蜜蜜的夜生活……

其實我根本沒辦法這麼做。

畢竟我現在也成了一家之主，還有事情必須要做。

在這個世界一旦結婚成家之後，據說有著招待熟人宴客吃飯的常識。雖然不知道是哪個國家的常識，但至少在西隆好像有著這樣的習俗。

如果只是買下房子似乎不必這麼做也行，但一旦結婚成家，好像就得舉辦宴會才行。也就是所謂的婚宴。

「因為這樣，我們要找認識的人舉辦一場派對。」

「好的。」

我們在客廳的沙發上面對面坐著，和希露菲貼著彼此的額頭。

我們俯視的視線前方，是要寄發派對邀請函的名冊。

以及用來決定座位順序所準備的紙張。

「不過啊，我們的熟人遍布了各種族群階級。」

我這邊要邀請的，有艾莉娜麗潔、札諾巴、茱麗、克里夫、莉妮亞、普露塞娜還有巴迪岡迪。再來就是看要不要叫上吉納斯還有佐爾達特吧。

至於希露菲那邊，有愛麗兒、路克還有其他兩位。

全部共十一人上下。

可以的話我是希望也叫保羅他們到場，但既然不在也沒辦法。

雖然已經先寄了封信傳達我結婚的消息，不過還真不知道要何時才會送達。

「王族、獸族、魔族、奴隸以及冒險者……其中也有口無遮攔的傢伙，不難預期到時將會發生問題。」

莉妮亞和普露塞娜似乎還對愛麗兒心存芥蒂，一旦她們碰面，我想氣氛很有可能會變得非常險惡。

如果這是在前世舉辦的婚禮，那還可以把座位安排得遠一點避免雙方碰面，不過就算大房間再怎麼寬敞，畢竟只是民宅。並沒有寬敞到可以跳舞的地步。

「是這樣嗎，可是愛麗兒殿下應該不是會在那種場合製造問題的人……」

「話雖如此，還是不希望她在我們家聚餐後帶著糟糕的心情回去。不然，乾脆分成兩批招待吧……就隔離掉問題兒童……」

「唔～可是，因為魯迪的熟人很多似乎都是將來會身負要職的那種人，愛麗兒殿下為此相當起勁喔。」

在我的腦海裡，浮現出鼓起幹勁化妝的愛麗兒身影。

還一邊說什麼：「在結婚典禮的婚宴上有很多平常不會出門的帥哥，這是機會！」……

不對，我很清楚她不是這個意思啦。

簡而言之，她是想要趁機建立起與特別生之間的橋梁吧。愛麗兒的如意算盤也打得挺精的嘛。

「那麼，愛麗兒公主那邊就請她自己承擔後果前來。問題在座位順序啊。」

感覺也不能請他們隨便找個位子坐下。

話雖如此，要按照尊卑順序去排也很困難。到底該怎麼排才不會有失禮節呢？

總之，由於巴迪岡迪是現任魔王，應該是最偉大的，可是排在他下面的有愛麗兒、札諾巴、莉妮亞和普露塞娜。聚集了一些要嘛是王族不然就是地位相當於王族的傢伙。

要是把克里夫的位子排得太後面感覺好像也會被他抱怨……

不，那傢伙雖然是那種個性，但也受過教育。說不定意外地沒問題。

而且，只要讓他和艾莉娜麗潔比鄰而坐，她應該也會巧妙地安撫他。

以身分來說茱麗是奴隸，所以要把位子排在末座，但是和札諾巴離太遠又有點可憐。

畢竟她是個連話都還說不太好的小孩，又是我的直屬弟子，得為她想個辦法。

「愛麗兒公主的隨從就身分來說是屬於什麼地位？」

「我想想，是中級貴族喔。」

據希露菲所說似乎是女性，那麼要把她們安排在哪也挺困難的。

路克也是如此，還是別把他排得跟愛麗兒離太遠比較好吧。

儘管我不認為自己的熟人裡面會有那種傢伙，但要是愛麗兒被暗殺的話那可不得了。

「咦？是不是忘了誰？」

希露菲看了看名冊後突然說出這種話。

聽到這句話，我也望向名冊。

遺忘的人。會是誰啊？我覺得應該沒有忘記任何人啊。是辛馨亞蒂小姐嗎？

「啊，對了我知道了！是七星小姐啦！也得找她才行！」

聽她這麼一說，我確認名冊。

的確，上面沒有寫到塞倫特．賽文斯塔的名字。哦哦，我很自然地就把她忘了。

不過……

「那傢伙……會來參加嗎？」

「一定會來的。」

「總之先邀邀看吧。」

我沒有打算排擠她，但畢竟她好像把在這個世界的事完全拒於門外……不，那和邀請她是兩回事。先把名字補寫在名冊上吧。

「如果都這樣用心準備了卻沒有人來的話，該怎麼辦啊……」

生前看過的某部動畫的聖誕節影像浮現在腦海。

就是雖然那部動畫裡的角色很起勁地準備了特大蛋糕，結果卻沒有一個人出席，害他因此抓狂大鬧的那種苦澀的畫面。

「至少愛麗兒殿下和札諾巴絕對會來啦。」

希露菲用一句話斬斷了我的不安。

愛麗兒一行四人，加上札諾巴與茱麗的弟子二人組。這六人肯定會來吧。就算不找札諾巴過來參加，感覺他當天似乎也會在門口五體投地說：「請讓本王子向您祝賀。」

「畢竟我覺得愛麗兒殿下想和魯迪加深交情，札諾巴好歹也明白要是沒來參加，魯迪對他的信任就會瓦解……畢竟魯迪對這方面還挺在意的嘛。」

誰誰誰……誰會在意啊。

我可是不拘小節系男子，是爽朗系的耶！

「莉妮亞和普露塞娜應該也會來吧。因為獸族絕對無法拒絕地位比自己高的人的邀請。」

「是這樣嗎？」

「嗯，如果沒來的話，就再好好教訓一下她們兩個就行了。」

據說獸族即使被這樣對待也不會認為不講理。

回想起來，在大森林時裘耶斯之所以會對我下跪，或許是因為從獸族的角度看來，當時的狀況就算瑞傑路德卯起來大鬧也不足為奇。

畢竟他就算被艾莉絲踹了一腳也完全沒有回嘴嘛。

相反的，因為我很乾脆地就原諒他，導致後來好像有點被他瞧不起。所以是在不知不覺間被當成比他低等的人嗎？算了，實際上怎麼樣我也不清楚。

「嗯，因為克里夫也說過要找他，應該會來吧。」

「以我個人來說，是希望艾莉娜麗潔小姐能來呢……」
希露菲喃喃說道。
艾莉娜麗潔。她們之間有發生過什麼嗎？我好像沒什麼看過她們倆交談。
「因為我有點事情想問她，雖然那不是什麼要緊的事啦。」
會是什麼？難道說，希露菲是想問她和我之間有沒有性方面的關係嗎？
不過就算被詢問，至少我和艾莉娜麗潔之間沒有那種見不得人的關係。
總之，可以說大方向已經統一了吧。

好啦，既然有十個人以上的客人來訪，就必須準備符合人數的食材。
所以我們決定先去採買，我和希露菲兩人肩並肩一同前往了商業區。
「在那之前，我打算先買魯迪的衣服。」
希露菲如此提議。
衣服，被她這麼一說，我重新審視自己的服裝。是一如既往的深灰色長袍。
白天的話也不需要禦寒衣物。
「那個啊，雖然我很喜歡魯迪穿長袍的模樣，但果然穿著那種歷經磨損的長袍，看的人還是會有點……那個……對吧？啊，還是說你很中意這件長袍？」
我不太注重穿著打扮，而且在冒險者之中還有穿著比我更糟糕的傢伙。

因此我從沒在意過這方面……但要是打扮得太過破爛的話，的確會讓人懷疑希露菲的眼光。只有我自己還沒關係，不能讓希露菲也一起蒙羞。

「是啊。這件是在魔大陸第一次買下的長袍，我挺愛穿的，不過看起來是有點寒酸。」

說到我持有的其他衣物，頂多也只有毛皮背心了。

由於穿上後看起來不像魔術師，所以有一陣子沒穿了，只是穿上那件站在希露菲旁邊的話，依然會顯得不太體面。因為那樣看起來只會像個山賊。

「那我們去服飾店看看吧，就照希露菲的喜好幫我搭配。」

「嗯，交給我吧。」

我們來到一間看似很高級的店家。

是我一個人的話絕對不會靠近的地方，也不是可以穿著這種長袍來的地方。此時希露菲也戴上墨鏡，化身為「菲茲」。

「哎呀哎呀，是菲茲大人。平時總是承蒙您照顧本店。」

店長深深地低頭致意，看來希露菲大人似乎經常光顧此店。

這代表喬裝為菲茲學長的愛麗兒公主也經常光顧這間店吧。

也就是阿斯拉王族御用商店。我的錢夠嗎？好可怕。

「能麻煩讓我們看一下魔術師用的長袍嗎？」

「好的，這邊請。」

即使是在這種高級店家，光講魔術師用的長袍似乎也能通用。也是啦。畢竟魔術師比比皆是。更不用說這裡是魔法都市夏利亞。是連貴族的小孩也會成為魔術師的都市。

然後店長帶我們前往的地方，陳列著許多使用了看來就很高級的布料製成的各種燦爛奪目的衣服……

其實也沒有這麼誇張。長袍這種衣服無論在哪間店似乎都沒有太大差異。只是上面還縫了非常精緻的刺繡花紋。

「恕我冒昧，能讓我詢問客人您擅長的系統為何嗎？」

「啊，好的。姑且算是水系和土系。」

「既然如此，這件您覺得如何？這是用棲息於大森林的強固蜥蜴的皮革製成，對水具有極高抗性。設計師是佛葛連。他目前擔任拉諾亞王室魔術師團的設計師。」

居然一開始就推薦我爬蟲類系的皮衣……不對是長袍。

要是我的記憶正確，強固蜥蜴對水應該不具有很高的抗性。

以前曾在旅途中交戰過，但是很輕易就用冰魔術凍住了。

「如果是土系，那麼這件也不錯。這是用貝卡利特大陸的大蚯蚓的皮革製成，即使在沙暴中也能毫髮無傷。負責設計的是近期逐漸嶄露頭角的芙洛涅。芙洛涅設計的衣服以具有獨創性的色調為特徵，儘管外觀看來如此，但卻難以被魔物發現，可說實用性相當高。」

店長這麼說著，展示了一套沙漠迷彩花紋的長袍給我。

在高級店家是不是有把設計師的名號一併報上的規定啊？

我並不討厭迷彩花紋……只是總覺得怪。如果是這種，就算是同樣感覺還是選冬季迷彩比較好。

「希露……菲茲學長，你覺得哪種衣服比較好？」

「我想想……像這件應該還挺不錯的吧。感覺和魯迪現在身上穿的很接近。」

她拿在手上的，是一件比我現在穿的更加接近黑色的灰色長袍。

像這種顏色是叫什麼來著，黑灰色？

而且配件比我現在穿的這件還要多。不僅有口袋，還附有用來紮緊袖口的黑色鈕釦。好像還備有用來代替皮帶的繩子。

「那件是用棲息於魔大陸的拉奇鼠毛皮所製成。設計師是卡茲拉。這套款式的特徵是沉穩風，受到有點年紀的客人喜愛。」

「〇老鼠？」

「是拉奇鼠，客人。那是瑪奇鼠的高階種，相當於D級的魔物。以服裝的質地來說也屬於上等貨，對毒以及酸具有強大的抗性。」

在我的腦海裡，浮現出那個穿著紅色短褲的黑色傢伙。

我用力甩頭讓那傢伙從腦內消失，否則難保會有客人在深夜來訪。

順道一提，其實他說的魔物我在魔大陸旅行時曾經看過，瑪奇鼠是大約五十公分的巨大老鼠，身為牠高階種的拉奇鼠還要再更大一圈。

第一次看到時，真的是讓我寒毛直豎。畢竟眼前居然有那麼大的老鼠群聚在倉庫裡面。而且在那裡面還有一隻拉奇鼠。

後來好像是艾莉絲和瑞傑路德瞥了嚇傻的我一眼，就把牠們全數驅散了吧……

「畢竟要名副其實嘛，就選這件好了。」（註：格雷拉特的日文為グレイ（灰色）ラット（老鼠））

先不提那些回憶了，我還挺中意這件長袍。

我老婆真有品味。

再來呢，就是令人在意的價錢……看了一下價格標籤。很好，出現了不像是衣服價錢的金額。哎呀～實在貴得嚇人。雖說是雜兵，但魔大陸的素材還真昂貴啊。這筆錢在魔大陸都能蓋房子了。

「名副其實……？恕我冒昧，請問客人您該如何稱呼？」

「啊，是。我叫魯迪烏斯‧格雷拉特。」

「哎呀，您居然是格雷拉特家的人，真是失敬。由於路克大人平日非常關照本店，這次也請讓我幫您打個折扣。」

這是那個嗎？要我幫他向路克問好的意思？

不，不對。是下次還請多多關照的意思吧。不管怎樣，反正能便宜的話就好。

「路克經常來嗎？」

「菲茲大人應該也很清楚吧？」

「啊，嗯。我是說……除了和我一起來的時候。」

「是。他總是帶著不同的女性蒞臨本店。」

在希露菲和店長說話的這段期間，我被店員帶去量了尺寸。

掛在店面的終究只是樣品，據說要先測量尺寸才會開始縫製。

我被一名女店員拿著捲尺測量尺寸。不曉得道具店有沒有在賣這把捲尺。

真想嘗試實地測量希露菲三圍的玩法。

「因為有現成的材料，所以大約三天就能完工。倘若客人能告知您的住址，日後就能直接送達給您。」

於是，我們既開心又害羞地把新房子的住址告訴他。

之後，我們決定大量採購糧食。

首先購入辛香料。再來就是購買方便存放的東西。

多虧七星開拓的運輸路線，所以現在能便宜取得食用油，總之先買下來。

可以存放好幾天的蔬菜類，還有冷凍過的魚。

而肉則是事先訂購，等前一天再來拿。

「希露菲會煮菜嗎？」

「嗯。因為我以前曾向媽媽還有莉莉雅小姐學過，沒有問題。啊，但是不知道合不合魯迪的胃口。」

「就算煮成焦炭我也會說好吃。」

「居然說焦炭……真是的，你以為我是為了誰才這麼努力學會的啊。」

不僅有挑衣服的品味，就連煮菜也難不倒她……話說回來，她還說過自己也會洗衣服跟打掃。原來我老婆和外表不同，女子力意外地高啊。

「希露菲葉特小姐實在是位太過理想的老婆，小的……很擔心自己是否能配得上妳。」

「魯迪是……那個……我的理想夫婿喔。」

「如……如果有和理想不符的地方請直說無妨。小的會努力接近您的理想。」

「那麼，你要更有自信一點，擺出落落大方的態度喔。因為魯迪有時會讓自己顯得太過卑微嘛。」

居然要我……落落大方？

要是做了那種事，壞了路過的神明心情該怎麼辦？

在這個世界，可是有那種看對方不順眼就突然殺過來的傢伙耶。

……不對，如果自己的丈夫是個沒有自信，只會龜縮在客廳看報紙的傢伙的話該怎麼辦？

……肯定會討厭吧。

好，那我就對自己更有自信點吧。從今天起我就是本大爺系了。

「哼。希露菲，可別怠慢愛上本大爺的努力喔。」

「呃，感覺好像有點不太一樣……嗯，不過你說得沒錯。我會加油的。」

希露菲這麼說完，緊緊握了握拳。

哎呀～希露菲寶貝好可愛喔。好想跟她親親喔。

不過要忍耐。希露菲不喜歡在大庭廣眾下當笨蛋情侶。要是在這裡摸她舔她揉她的話，肯定會挨她罵。雖然一次兩次的話只是罵一罵就會原諒，但要是重複好幾次的話，那種小小的煩躁感將會日積月累，成為被討厭的原因。

現在要忍耐。不過，只是摟住她的肩膀應該可以吧？慢著，還是先摸摸小手就好？

儘管我是這麼想，但現在兩手提滿了購物袋。咕唔唔。

「還得買些大盤子之類的呢。啊，不過那個交給魯迪做出來就行了吧。」

「就算是石製盤子也沒關係嗎？」

「如果是魯迪做的盤子看起來不會像石頭，沒關係啦。」

是外觀的問題嗎？

算了，既然外觀看起來沒問題就好的話，就做個宛如鏡子那樣打磨得光滑晶亮的那種吧。

因為像日本陶瓷器那種感覺的盤子風評不佳。

比起幽雅的感覺，高級感更為重要。

就發憤圖強，做出會讓人以為是白瓷的高級品吧。雖然無論怎麼做都會變成灰色和褐色系就是了。

「其他還需要什麼嗎？」

「呃，還有要招待客人用的茶吧。」

紅茶和茶杯嗎？

很好很好。是不是該順便買塊地毯什麼的呢？

姑且還是先準備客人用的客房什麼的比較好吧。

「也先買幾組客房用的床鋪和衣櫃吧。」

「啊，對耶。」

畢竟家裡很寬敞，相對的要準備的東西也很多呢。

錢漸漸變少了。哎呀，沒有亂花錢去買什麼魔道具真是太好了。

由於房子也是便宜買下，所以手頭上還有餘裕。

不過，要是每次有事就要花錢破費，那早晚會身無分文吧。

我是可以去狩獵一下魔物賺錢啦……

不不不，要是抱著這種輕率的心情承接討伐委託，如果死了的話怎麼辦？

感覺我稍微能夠理解不惜回任騎士，也要取得穩定收入的保羅當時的心情了。

「呃，魯迪，你放心吧。我從愛麗兒殿下那收到的薪水都有存起來喔。」

「嗚嗚，對不起。我太不中用了……」

要是手頭拮据的話，就麻煩像佐爾達特他們那種隊伍讓我加入吧……

不對，冒險者雖然會有好幾天不在家，但收入意外地沒有那麼多。

看來我也必須找份工作才行嗎？

結婚還真困難呢。

★ ★ ★

當天晚上。

我邀希露菲一起洗澡。

表面上是為了向希露菲講解入浴的方法。

其實是為了能夠隨心所欲地搓洗希露菲。

真正的想法是想和希露菲在浴室卿卿我我。

如果要用旁白的語氣來說的話，就是「現在，一名惹人憐愛的少女即將慘遭變態的毒牙染指」。

今晚要上嘍，我要上嘍。看著吧老爸！

啊，說到老爸不就是保羅嗎？那不看著也沒差啦。

「好啦，我們家的入浴規則，與阿斯拉王族的規矩有些許不同。」

首先前往洗衣間兼更衣間。

在那裡，我對希露菲講解要把脫下來的衣物放進籃子。我自己親手脫下希露菲的衣物，將其摺好後投進籃子裡。

希露菲的身體很纖細，脂肪也很少，整體來說體型很瘦小。儘管如此卻沒有貧弱的感覺。之所以這麼覺得，是因為儘管纖細卻也多少有些肌肉的緣故吧。

在腰間那帶有著非常明顯的曲線，儘管纖細嬌小，但仍舊勾勒出女人味的線條。

雖然沒有胸部，但也正因為如此，她的身體讓人充分理解到男女之間在身體上的不同。

光是這樣看著，就讓我的喘息越加急促。

「那個，呃……魯迪有必要幫我脫嗎？」

「沒有必要。」

「為什麼你呼吸這麼急促？」

「是因為我在興奮啊。」

「要……要進去浴室洗澡有必要興奮嗎？」

「沒有必要。」

我一邊精確地回答希露菲的提問，同時自己也俐落地脫下衣服進入浴室。

雖然沒有蓮蓬頭也沒有鏡子，但是擺放著木盆和椅子。

木盆上有我抱著玩心寫上的 ke◯rin 這幾個字。（註：源自日本製藥廠名）

「要進入浴池之前，得先從肩膀沖洗熱水，坐在這張椅子上，使用毛巾和肥皂把身體洗乾淨。」

「是說魯迪，這張椅子，為什麼中間會有個凹槽呢？」

「那當然是為了更容易把身體洗乾淨啊。」

我一邊說著，一邊用熱水浸濕毛巾，再用肥皂搓出泡沫，清洗希露菲的身體。

像是耳朵背後，鎖骨的凹陷處，背部，把這些容易藏汙納垢的地方做重點式的清洗。

然而，偶爾也需要要用手去清洗身體。像是柔軟的部位或是不能用毛巾去擦拭的地方就要用手來清洗。這凹槽正是為此而存在。

「那個，魯迪，總覺得……你從剛才就沒有在用毛巾擦，而且盡是洗一些比較色色的地方，然後還頂到了耶……」

「哦，失禮。」

情緒似乎太亢奮了。

不行不行。在我家的浴室沒有這樣的規矩。

「魯……魯迪，要是你忍不住的話……那個……可以喔。」

「那個先等洗完澡後再說。」

現在要以洗澡為優先。

要清洗身體。清洗身體。

「等到身體的每個角落都清洗乾淨了，接著就換洗頭。先閉上眼睛。」

「嗯……好。」

希露菲緊緊地閉上眼睛。真可愛。

雖然我很想親吻她將人推倒，但沒有付諸實行。一瞬間的大意會要了我的小命。

呼～洗淨身體還真是煎熬啊。

「用熱水弄濕頭髮後，就抹上肥皂搓到起泡。與其說是清洗頭髮，不如說是清洗長著毛髮的頭部那種感覺。洗頭這件事偶爾為之就好。因為用肥皂洗會傷到頭髮。」

像這樣，我一邊清洗希露菲的頭髮一邊向她講解。

她的頭髮很短，很好洗。

「洗完之後，要用熱水確實地沖洗乾淨。」

我用魔術做出熱水，將希露菲的頭髮沖乾淨。

此時希露菲嘻嘻地笑出聲。

「總覺得讓我回想起第一次見面時的事呢。」

話說回來，當時也是像這樣用熱水幫她沖洗呢。

那是在布耶納村，我開始在村子裡面到處散步的時候發生的事。

受到附近那群孩子霸凌的希露菲，在把便當送給父親的途中被附近的臭小孩丟泥球，因此哭哭啼啼。當時就是我出面救了她，並用熱水把泥巴沖乾淨，再用暖風把身體烘乾。

由於當時她的頭髮很短，所以看起來就像個少年。

哎呀，真令人懷念。當時的少年居然會變成如此可愛的嬌妻。人生真的是世事難料呢。不對，自從得知她是少女後我就下定決定要在一年左右讓她變成我的所有物。那麼，這應該算是如願以償吧。

「好啦，身體洗完之後，接下來就是泡澡了。腳很容意打滑，要小心喔。」

希露菲按照我說的吩咐，把整個身子浸在浴池裡。

為了要長時間享受混浴，因此我有把溫度調得比較溫熱……

「啊，感覺手腳一陣酥麻，好舒服……」

看來恰到好處。很好很好。

在確認她的反應之後，我也開始清洗身體。說實話，我是很想讓希露菲的身體代替浴巾幫我清洗，不過今天就先忍耐吧。

沒有必要把所有事情一次全部做完。

是說，要是被做了那樣的事，我肯定會按捺不住。

我要珍惜希露菲，溫柔對待她。第一次使用了媚藥的野獸性愛依然記憶猶新。我不能再做出那種近似強姦的行為。

「……」

突然發現，希露菲在偷瞄著我這邊。

我原本以為她是用旁觀者的角度看怎麼洗，看來好像不是那樣。
似乎是在意自己沒有的東西，這就是所謂的好奇心吧。
「呼。」
洗完之後，我泡進浴池。也沒忘記把毛巾放在頭上。
泡在熱水裡，就會有種血液在冰冷的手腳流通的感覺擴散開來。
啊……泡澡果然好。是文化的極致體現。
儘管以前會覺得洗身體很麻煩所以討厭洗澡，但這感覺真棒，非常棒。
在雪國居住過，才能體會到泡澡的重要。
「順道一提，洗過身體的毛巾不可以帶進浴池。」
「為什麼？」
「因為熱水會被弄髒。」
反正在家裡洗的話是沒什麼問題，畢竟在這個世界沒有所謂的公共澡堂，也沒必要遵守。
就在我胡思亂想時，希露菲慢慢地貼近我身旁。
然後握住我的手，將溼潤的頭髮靠到我的肩膀上。
「像這樣要泡多久才可以？」
「至少要泡到妳覺得自己的全身上下都暖和起來……」
我也把手繞過她的肩膀，將她擁入懷裡。

於是希露菲轉過身子，就好像是要騎在我身上一樣移動身體。

就這樣，我們面對面緊緊貼在一起。希露菲的小櫻桃正頂著我的胸口。

不行，好像快無法忍耐了。但男人就是要忍。

然後，女人就是要愛。可不能在這個字後面加上汁或是液喔。

「呵呵，感覺很快樂呢。」

我低頭望著希露菲。纖細的背部以及小巧的屁股，苗條的雙腿正嘩啦嘩啦地踢打著水面。

在我的胸口還有肩膀一帶有種難以平靜的感覺。

希露菲就好像要把頭埋入我頸根似的緊緊抱了過來。

並維持這樣的姿勢撫摸著我。

呵呵，妳就儘管撫摸吧。這肌肉正是為此而存在的。

不過話又說回來，以前看到希露菲時，還覺得這傢伙將來會成為美男子，然而成長為楚楚動人美少女的希露菲甚至超乎我的想像。雖然或許是有某種老婆補正參數帶來的影響啦……

總之，如此美少女正全裸抱住我的這個狀況。

再這樣下去搞不好會演變成讓排水口堵住的結果啊。

我也伸出手，撫摸希露菲的背部。並順勢撫摸腋下還有側腹那一帶。

嗯～真瘦。

「魯迪，好癢喔。」

希露菲這樣說著並扭動身子。

從剛才開始，我那欲望的象徵就壓在她的身上，然而她並沒有特別抱怨什麼。

儘管在公共場合碰她的話會生氣，但是在這種狀況下觸摸，她會宛如獻出自己那般放鬆全身力道。

任我擺布。她願意接納我。

然後，她看向我的眼睛。而我也注視著她的眼睛。理所當然地四目相對。

突然，希露菲嘻嘻地靦腆笑了。

「魯迪……我最喜歡你了。」

她這樣說完，朝我的臉頰親了一下。

不行。

「哇哇！」

我用公主抱的方式抱起希露菲，嘩啦一聲從浴池起身。

雖然關於入浴的方式才講解到一半，但只要完事之後再進去泡一次就行了。

我就那樣全身溼透地衝上二樓，直奔寢室。

第六話「婚宴・舉辦」

數天後。

在魯迪烏斯宅舉辦的婚宴。日期定在每個月一次的假日，時間選在中午。吉納斯婉拒了，佐爾達特則因為忙著開會而回絕。他們兩人似乎都很忙碌。

原本以為巴迪岡迪也會因太忙而不來，然而那位陛下卻意外地很閒，表明要來參加。

除此之外的十一人也收下了邀請函。

沒錯，連七星也收下了邀請函。

婚宴當天。

希露菲從一大早就幹勁十足。

「這種事情是妻子的工作，交給我吧！」

她一大早就忙著進行各種準備。

二樓的空房間，也為了這天整理好了。話是這麼說，其實也只是把簡樸的床鋪、衣櫃、桌子、椅子、還有水瓶什麼的搬進去而已，但在萬一有人身體不舒服時也是必要的吧。

在準備工作順利進行時，最先抵達的是莉妮亞和普露塞娜。
比集合時間還提前了兩個小時。這兩個傢伙該不會是搞錯時間了吧？
「就我們的常識來說，在慶祝的派對上得要帶著獵物提早過來喵。」
「沒錯的說，所以我們把最好的拿過來了。是對老大忠誠的證明的說。」
她們用雪橇把龐大的山豬運了過來。
獸族在出席婚宴時，似乎有著在當日一大早去打獵，並帶著在外頭獵到的食材前來參加的常識。在越早的時間去打獵獲取食材並趕回來出席，才能表現出對對方的敬意有多深。
「真厲害……不過，要是沒獵到的話妳們打算怎麼辦？」
「到時候會去市集買一隻回來喵。」
「用錢來代替的說。」
看來她們的敬意也不過如此。
順便說一下，出席的正裝是魔法大學的制服。這是我決定的。
畢竟來客之間貧富差距太大，要是在穿著上太過講究，民族色彩會太明顯。
幸好所有的出席者都持有制服。啊，不對，只有茱麗沒有，所以是買了件新的嗎？
不管怎樣，在餐會開始之前的這段期間，先請她們倆在客廳好好放鬆一下。
招待客人是丈夫的工作。
她們兩人似乎從早上就待在外頭挨寒受凍。

所以現在莉妮亞緊抱著普露塞娜，在暖爐前最溫暖的沙發上縮成一團取暖。

「不過話說回來，真沒想到老大會和菲茲結婚喵……」

「菲茲果然是女人的說，聞到味道我就在想會不會是這樣的說。」

「對呀喵，不過這樣就想通了喵。」

她們兩人就像這樣閒聊，幫彼此的尾巴梳理毛皮。

順道一提，希露菲＝菲茲這件事，已經通知給來賓知曉。姑且是有先交待說別四處張揚，但即使在某種程度傳了出去也沒有辦法。

「想通了什麼？」

我端出溫熱的茶水並詢問她們兩人。

「老大喜歡嬌小型的說。」

「都散發出那麼強烈的性欲氣味卻始終沒有襲擊我們，原來是喜好的問題喵。」

這樣簡直就是在說我是個只要看到女人，就會不分青紅皂白襲擊過去的變態嘛。

真是群沒禮貌的傢伙。我要揉爆妳們喔。

儘管我心裡這麼想著，卻絲毫不露聲色。

畢竟我昨天才和希露菲纏綿了一晚。已經將欲望全部都傾瀉於希露菲體內。

今天的我是個賢者。

第二組來到的，意外的是札諾巴和茱麗。

時間是婚宴開始前一個小時左右。

「失禮。由於在路上看到不錯的人偶，不知不覺就被吸引了目光。要是茱麗不在的話可就危險了。」

札諾巴如此說道。

茱麗也穿著制服，是小人族用的尺寸。嬌小的模樣看起來就像個人偶。

「Grand Master，今日……感謝……您的邀請。」

這麼說著，茱麗拉起裙子下襬，有禮貌地向我打招呼。真可愛啊。

我瞄了札諾巴一眼後，他也隨即低下頭，用畢恭畢敬的聲音說道：

「吾師魯迪烏斯．格雷拉特，感謝您邀請敝人共襄盛舉。」

喔喔。

札諾巴一本正經耶。對嘛。這傢伙也並不是不會打招呼的嘛。

很好，那現在我也效法他認真回應吧。

「札諾巴殿下，今日……」

「噢，師傅。您不必對本王子如此畢恭畢敬。畢竟這只是形式，還請師傅就像平常那樣，隨性地對待本王子即可。」

「…………啊～是嗎？那，你就去那邊的房間休息吧。」

「哈哈哈，了解。來，茱麗，我們走。」

怎樣啦，虧我還想認真去回應他耶。雖然這麼想，但還是先去準備茶水吧。

就算要我隨性對待他，但畢竟我是主人，他是客人嘛。

當我在腦內想著這些事時，從客廳傳來了莉妮亞和普露塞娜得意的聲音。看樣子，好像是在炫耀自己是最早來的。

過了一會兒後也聽見札諾巴發出了不甘心的聲音。他們玩得高興就好。

第三組，是愛麗兒一行人。

算是在宴會開始前三十分鐘抵達吧。

有愛麗兒和路克，以及曾經在哪見過的兩名女學生。

她們就是愛麗兒公主的隨從啊。那是希露菲的戰友，可不能對她們失禮。

「感謝您今日的邀請。由於我對平民的規矩稍微生疏，如果有逾矩之處還請見諒。」

這樣說著並低下頭的人是愛麗兒。

老實說，我原本以為會低頭的人是路克或是隨從的其中一人，或許是在配合我也說不定。

「由於聚集了多數的種族，對禮儀方面還請不用在意。不如說，我還擔心我們會不會有失禮之處……」

「感謝體諒。妳們倆過來。」

愛麗兒使了個眼色，兩名隨從便站到前面。

「我是愛麗兒殿下的隨從，名叫埃爾莫亞．布魯沃夫。」

「我叫克麗妮．艾爾隆德。」

姑且先不論名字，姓氏倒是很好記。是蒼之狼和傳說騎士。（註：出自FC電玩《伝説の騎士エルロンド》；布魯沃夫與蒼之狼的日文同音）

畢竟我的名字是灰色老鼠，阿斯拉王國的貴族是不是以顏色和動作組合起來的名字為多啊？

這樣的話，感覺也會有白色雌鹿。

那應該叫懷特……鹿是怎麼唸來著？馬是浩斯(Horse)，笨蛋是弗魯(Fool)。那折衷之後應該要唸作浩魯(Hole)吧。（註：日文的笨蛋寫成漢字為「馬鹿」，魯迪烏斯是把馬和鹿合在一起後各取一半的音）

白色的明天在等著我們。（註：出自《精靈寶可夢》的火箭隊台詞，日文的浩魯與洞同音，白色雌鹿在魯迪烏斯的解釋下就變成白洞的唸法）

「請收下這個。」

兩人將拿在手上的物品遞給我。是一盒用昂貴布料包住的箱子。

「是慶祝兩位結婚的禮物。」

「勞您這麼費心。感謝您。」

「我選了能在日後的婚姻生活派得上用場的物品。請您打開確認看看。」

被這樣催促著，於是我打開盒子觀看，頓時無言。

裡面有一罐似曾相識，裝著粉紅色液體的小瓶子，還有一根木棒。

用直截了當的說法，就是媚藥和假陽具。

這是什麼啊……

「儘管我不認為格雷拉特家的男人無法滿足女性，但如果有需要的話還請不吝使用。」

「好……好的。」

愛麗兒顯得泰然自若。

這種事很普通嗎？路克和另外兩人也表現得很冷靜。

文化差異啊……

我帶領四人前往客廳。

看到愛麗兒後，莉妮亞和普露塞娜釋放出劍拔弩張的氣場。

「……」

我想應該不會吵起來吧。

就算是獸族，應該也不會在慶祝的場合上做出破壞氣氛的行為。

我對她們兩人傳遞了這樣的視線，她們好像也察覺到了。

「久違了，莉妮亞小姐，普露塞娜小姐。日前給兩位添麻煩了。」

「好久不見喵。」

「彼此都有給對方添麻煩的說。」
愛麗兒用輕柔的聲音說話，在她們的附近坐下。
剩下三人就這樣站著。我姑且給札諾巴使了個眼色，要他萬一有狀況就出面阻止。
札諾巴點頭表示了解，但卻好像是誤會了什麼，他站起來向愛麗兒低頭致意。
「久仰大名，愛麗兒公主。本人是西隆王國第三王子，吾師魯迪烏斯．格雷拉特的愛徒，名叫札諾巴．西隆。」
「這不是札諾巴王子嗎？看您氣色如此不錯真是令人欣慰。其實我在您入學後就馬上向您打過招呼，您是否忘了呢？」
「唔。這真是失禮。畢竟本王子是怪力的神子，空有一身力量但卻欠缺智慧。」
「哎呀，我聽聞您在土魔術的課程取得了相當高的成績喔。」
「這都要拜吾師教導有方……」
札諾巴的社交能力如此之高讓我有點訝異，總之我還是先準備了茶水。
在即將開始的前十分鐘驚險趕到的，是克里夫和艾莉娜麗潔。
還有七星也跟他們一起。
真是罕見的組合，我原本還以為七星會一個人過來。
「她在門前不知道該如何是好。是你的熟人對吧？」

「是啊，當然。她就是塞倫特．賽文斯塔小姐。」

我這麼說完，克里夫露出了訝異的表情看著她。

看樣子，克里夫似乎也沒有見過她。

「這……這樣啊，妳就是那個塞倫特。哼，我是克里夫。妳至少有聽過我的名字吧？」

「……是啊，我有聽過。據說你很厲害呢。我是塞倫特。」

語調故意說得很平板，給人超明顯的不懂裝懂感。

我想她壓根兒就不知道克里夫是誰吧。

但克里夫心情好像不錯，所以我就不多嘴了。

「幸會。我叫艾莉娜麗潔．杜拉岡羅德。妳的面具真不錯呢。」

「多謝。妳的髮型也很不錯呢。」

七星用不帶任何抑揚頓挫的聲音回答。

光是看著她跟人對話的方式就讓我心驚膽跳。

話雖如此，七星也不想無端被捲入麻煩事裡，應該不會說什麼壞話吧。

老實說，我沒想到七星會來。

姑且是有寄邀請函給她，而她也收下了。

然而當下她並沒有說會來。只是用不帶感情的聲音說：「居然要結婚……這表示你打算在這個世界認真活下去是吧。」

我對著這樣的她輕聲試著搭話。

「真稀奇啊，妳居然會從那房間出來。」

「……是你邀我的吧？」

「也是。算了……今天妳就好好放鬆一下吧。因為我還準備了洋芋片之類的。」

「洋芋片？你做了洋芋片嗎？」

「這都是託妳的福，所以我才能輕易地取得食用油啊。」

「真厲害呢。」

「這並不厲害吧。」

只是把馬鈴薯切片用油炸過，再灑上鹽巴而已。

畢竟油、鹽巴還是馬鈴薯都不一樣，因此和生前吃過的味道還是有些許差距。

「那麼，我先失陪了。」

艾莉娜麗潔帶著克里夫和七星直奔客廳。

她的腳步沒有任何迷惘。

身為冒險者的她以身分來說是緊鄰在茱麗後面的倒數第二，但她好像是不在意那種事情的類型。畢竟只要種族不同，身分什麼的根本毋須在意。

進入客廳後的他們兩人一如往常。

每當克里夫大放厥辭把氣氛弄僵時，艾莉娜麗潔就會從旁打圓場。

雖然克里夫並沒有惡意，但經常會說些潑人冷水的話。

七星基本上都是保持沉默，不過只要有人搭話還是會回應。

也有在交談。雖然我原本以為她是個有溝通障礙的家裡蹲，看來並沒有這回事。

過了一會兒，做好準備工作的希露菲前來報告。

好啦，還沒到的就只剩巴迪岡迪而已啊？

要是拖太晚的話，料理可就要涼掉了。

就在我為此擔憂時，艾莉娜麗潔開口說道：

「巴迪岡迪應該是不會準時出現。以千年為單位活著的人士都沒有什麼時間觀念喔。先當作他大約一個月後才會過來比較好。」

由於這句話，讓我決定準時開始這場餐會。

抱歉啦，巴迪。

★　★　★

會場是採立食形式。

煩惱位子順序到最後，索性把椅子都給撤走。

不過，幸好房間寬敞到即使擺了張桌子也能讓人來回走動。為了讓大家覺得疲累時可休息，所以在角落也準備了椅子。料理則是選擇了一些方便站著吃的食物。

總之，先把酒杯發給所有人。

由於七星謝絕喝酒，所以是喝果汁。

負責舉杯的人是我。

當我和希露菲站到前面，視線就集中了過來。

十一個人的視線。然而那絕非帶有厭惡感的視線。

雖然我事先準備了小抄，不過總覺得好緊張。

就在此時，希露菲緊緊握住我的手。靦腆地對我微笑，小聲地對我說了句：「加油。」啊，真想現在就立刻把她帶到寢室。

「哎呀，魯迪烏斯真是的，臉都紅了呢。嘻嘻。」

「麗潔，安靜點。」

艾莉娜麗潔對此笑了，克里夫則是罕見地識相。很好。

「咳。各位今日在百忙之中特地趕來，我在此由衷地表達感謝。在此鄭重宣告，我魯迪烏斯，將和這位……」

「呼哈哈哈哈！就在此時，吾強勢登場！」

心臟差點就從嘴裡跳出來。

轉頭一看，就看到了那傢伙。黝黑的身軀加上高大的身材。那六隻手臂硬是被塞進制服裡面。

不死身的魔王巴迪岡迪突然蹦了出來。

從連接廚房的那扇門。

「……！」

看到他如此威風凜凜的態度，在場眾人啞口無言。

甚至連克里夫也說不出話。

至於我……也不知道該說什麼才好。

在那個時間點出現，這樣簡直就像是我要和巴迪岡迪結婚一樣嘛。

你的未婚妻是那個吧，那個名字好像牙膏一樣的腦袋不靈光的孩子吧？

「巴迪岡迪，你遲到了喔。」

吐嘈的人是艾莉娜麗潔。

不過巴迪岡迪完全不以為然。

「嗯。我的確遲到了吶。不過按照我們種族的規矩，王族在聚會時得在讓人大吃一驚的時機登場，讓全場陷入混亂才行。」

「騙人的吧？」

「吾沒騙你。這是奇希莉卡一時興起決定的，所以吾也覺得實在很蠢啊！」

明明很蠢你還是照做喔，這群傢伙也太隨便了吧。所以才會被人族毀滅好幾次啦。

「吾可是為了你不惜兩肋插刀，專程繞到後門再從後方選擇登場的時機啊。好好感謝吾吧！呼哈哈哈哈！」

還特地繞到後面去嗎？

可惡……可惡……

不，冷靜點。巴迪岡迪就是這種傢伙。我很清楚吧？

「哈哈哈，原來如此，感謝您。」

「不必多禮。來，儘管在吾面前結婚吧。在魔王大人面前舉辦婚禮這種事可是相當少見的喔。因為吾才不會去做這種服務！」

巴迪岡迪這麼說完，就一屁股坐在地上。

其實有椅子啊……

反正魔族還挺常坐在地上，應該沒問題吧。

「那麼，讓我們重新來過……」

我咳了一聲清清嗓子。

「各位今日在百忙之中特地趕來，我在此由衷地表達感謝。在此鄭重宣告，我魯迪烏斯，將和這位希露菲葉特結婚。由於我們兩人都還年輕，想必會有不周到之處，但我們會協助彼此，順利地走下去。呃～在這裡的十二個人，是在這幾年特別親切對待我們的朋友們。儘管也有才認識不久的人，然而卻不可思議地意氣相投，我認為你們都是我的朋友。在遇到困難時，我作為朋友會盡一份心力。如果彼此發生什麼爭執時，請回想起我們的臉，就當賣我們個面子，讓過去一切付諸流水……呃……」

不妙，太死板了嗎？大家都露出微妙的表情。

此時，巴迪岡迪輕拍了我的肩膀。

「講話不需如此客套。你們彼此相愛，現在是想要讓在場的所有人認同這點對吧？」

噢，沒錯沒錯，就是這樣。很好。

「總之，該怎麼說呢。我……今後會和希露菲一起走下去。如果發生什麼事，還請大家多方協助了。請多指教。」

「很好，讓吾等為了這兩個年輕人的將來乾杯！」

「乾杯！」

巴迪岡迪舉起不知何時拿在手上的酒杯。

所有人也配合他的動作舉起酒杯。

酒稍微灑了一點出來，餐會也就此開始。

★　★　★

普露塞娜率先伸手拿肉。

那是從剛才就冒著熱氣的豬肉。

一開始要吃自己抓來的獵物，該不會是獸族的慣例吧？

不，不對。莉妮亞正盤據在暖爐前，咬著模仿日式炸肉製成的七星燒。

七星拿走了整盤洋芋片後，就縮到房間的角落開始一口接一口地吃了起來。

此時茱麗卻冷不防地坐到她的旁邊，讓七星嚇了一跳。隨後茱麗若無其事地開始吃起了洋芋片。

前幾天也讓茱麗負責試吃了洋芋片。

她應該是從那時就相中這食物了吧。七星與茱麗之間產生了一股有趣的氛圍。

被那股氛圍吸引，巴迪岡迪靠了過去。

七星慌張地從口袋取出戒指。

真傻啊七星。這都是因為妳明明說不想和任何人扯上關係，卻又那麼貪吃的結果。

先不提茱麗，札諾巴不時地往我這邊瞄過來。

我正想說他是在猶豫什麼，看來他似乎是在等愛麗兒展開行動。

愛麗兒帶著三個人，來到了我和希露菲面前。

「希露菲，恭喜妳。」

「愛麗兒殿下……謝謝您。」

希露菲露出像平時那樣的靦腆笑容，向愛麗兒低頭致意。

「他和這個家，與希露菲的理想相比覺得如何呢？」

「總覺得比理想中還要驚人。這個家甚至還備有浴室喔。」

「哎呀，居然在自宅就備有浴室，這在阿斯拉也只有極少部分人士才能擁有呢，真令人羨慕。希露菲，不然乾脆讓妳把護衛的工作休息個一年左右也行喔。」

「那……那個……我想還是等有孩子時再……」

愛麗兒嘻嘻地笑了。

之後，路克與兩名隨從也和希露菲交談了許多話。儘管我和隨從是今天才得知名字的關係，但她們和希露菲之間似乎有很深的羈絆，看起來相當親密，那個姓氏叫蒼之狼的女孩甚至淚眼盈眶。該怎麼說呢，給我一種像是高中田徑隊送別會那樣的感覺。

此時，路克來到我眼前。

「總之，雖然和你之間依然存在著一些芥蒂，不過以後彼此就多多關照啦……」

他這麼說著並伸出手來。

就算被說存在著芥蒂，其實我根本沒這種想法。

算了，既然對方都要我多多關照，那我也沒理由猶豫。

「嗯，請多關照，路克……學長。」

「希露菲……就拜託你了。」

路克簡短地說完後就把手放開。

其實我覺得心存芥蒂的人是路克自己。但不知道該怎麼說，感覺這與嫉妒又有一點不同。

就在愛麗兒離去後，札諾巴過來了。

他姑且還是介意著順序問題吧。畢竟他是王族，或許在這種地方會確實做好。

「再一次恭喜您，師傅。」

「謝謝你，札諾巴。」

札諾巴轉向希露菲並低下了頭。

「夫人。老實說，我一直以為您是男人。居然會把師傅的伴侶誤認為男性……還請原諒我的無禮。」

希露菲連忙揮了揮手。

「啊，不會，請把頭抬起來。身為王族的人不能這樣。不能對我這種人……」

「怎麼說是這種人呢，您是我尊敬的師傅的妻子。真要說的話，是僅次於神的尊貴之人。」

「因為就連魯迪都搞錯了，所以那也是沒辦法的……喔。」

希露菲為了尋求我的認同把話題抛給我。說來慚愧，但我以前也誤以為希露菲是男人。

儘管可以用當時沒有性欲當作藉口，總之我還是點頭肯定她的說法。

札諾巴移動後，換莉妮亞和普露塞娜來了。

「人族的禮儀是在吃飯吃到一半時跑來打招呼嗎喵？」

「真是沒有規矩的說。」

就只說了這樣，也沒有特別說什麼祝賀的話。

等輪到她們舉辦婚禮時，還是先詳細地問過獸族的禮儀作法吧。

雖然不知道這兩個傢伙能不能結婚。

「不過，菲茲和老大結婚的話，我能接受喵。強者之間配在一起是好事喵。」

「沒錯的說。只要生下強壯的小孩，一族就能安泰的說。」

我覺得在吃飯途中講這種毫不遮掩的對話很沒規矩的說。

接在兩人之後的是七星。

看樣子，她似乎逃離了巴迪岡迪的魔掌。

不知道是被怎麼對待，整個頭髮亂成一團。我朝巴迪岡迪那邊望去，發現他正把茱麗扛在肩上嬉戲。

「……恭喜。」

「謝謝。」

七星簡短地說完，打算就這樣離去。

此時希露菲叫住了她。

「那個，七星小姐，可以問妳一件事嗎？」

「什麼事？」

「妳之前，曾說過魯迪和自己是同鄉對吧。那個……是什麼意思？呃，七星小姐……是從別的世界來的……對吧？」

希露菲說到後面變得越來越小聲。

七星看著我，眼神似乎在詢問我該怎麼回答。

其實對我來說無所謂。雖然我沒有打算要對希露菲隱瞞事情……可是如果被她知道，或許會露出奇怪的表情。而且到時說明起來也很麻煩。

「……因為他會使用那個語言，只是我誤會了而已。」

七星並沒說出口。

什麼也沒說。

最後過來的人，是克里夫和艾莉娜麗潔。

克里夫將我們排在一起後，用單手劃出類似十字的手勢，誦讀了簡單的祝辭。

「雖然你們不是米里斯教徒，不過我能做的祝福就只有這樣。」

就收下他的好意吧。我信奉的神很寬大所以應該不會生氣。

畢竟我原本是日本人。儘管會慶祝聖誕節但不會舉行彌撒，這已經算是家常便飯。是明明很喜歡米〇勒還是加〇列那種名字，卻大多從來都不曾讀過原著的人種。雖說我現在有信仰的神明，但接受其他宗派的祝福也未嘗不可。

「魯迪烏斯。能痊癒真是太好了呢。」

艾莉娜麗潔用帶著有點鬧彆扭的表情說道。

沒錯，時至今日，我一直都還沒向她報告我的ＥＤ已經痊癒這件事。

「應該可以早點跟我報告你已經痊癒的這件事吧？」

「如果我向妳報告，妳就會說『讓我幫你確認一下是不是真的痊癒』然後襲擊我吧？」

「怎麼會。之前也說過了吧。我可不打算成為保羅的媳婦喔。」

這樣啊，那麼或許早點告訴她比較好。

因為在這群人裡面與我交情最久的人是艾莉娜麗潔嘛。

話雖如此，也頂多是再加上個半年而已啦。

「不過，要是克里夫和希露菲都不在的話，或許曾經有想過嘗試個一次看看呢。」

「我也是，要是沒有希露菲在，或許也曾想過要嘗試一次。」

「那還真是浪費了呢。也罷，既然這樣，那就表示你我之間沒有緣分，所以就讓我們以普通朋友交往吧。」

「嗯，今後也請妳多多關照。」

艾莉娜麗潔重新面向希露菲。
她用溫柔的表情對希露菲搭話：
「希露菲葉特小姐，恭喜妳。我打從心底……由衷地……祝福……祝……」
從艾莉娜麗潔的眼眶中開始落下一顆顆斗大的淚珠。
她就這樣低頭望著希露菲，開始哽咽抽泣。
我嚇了一跳。因為我不知道她突然哭泣的理由為何。
艾莉娜麗潔用顫抖的手，觸摸希露菲的臉頰。
現在她雙腳打顫，雙腿屈膝跌到地上，整張臉哭成淚人兒，然而即使如此卻依舊目不轉睛地望著希露菲的臉。
「對……對不起。沒想到我居然會這樣……」
希露菲想必也很驚訝。
……雖然我是這麼想，但她並沒有如此。
儘管愣了一下，卻沒表現出驚訝的神情。
「那個，我從很早以前就一直想問了……艾莉娜麗潔小姐，難道妳是……我的奶奶嗎？」
「……！」
大吃一驚的人不只是我而已。
克里夫……甚至連艾莉娜麗潔也同樣震驚。

「我爸爸曾說過。我的奶奶……以前曾是魯迪爸爸的伙伴。」

他說過那種話啊。

慢著，可是倒也不是不能理解保羅和羅爾茲之間會有這一層關係。

保羅曾說他和羅爾茲是在巡視村落時感情才變好的……

或許是在交談時才發現彼此其實都跟艾莉娜麗潔有關連也不一定。不過我認為保羅……應該不知情。

世界真小。話說回來，希露菲製作的木雕項鍊，和艾莉娜麗潔劍柄上的項鍊是同樣的東西啊。

這麼說起來，她們兩人的五官也很相似。

「艾莉娜麗潔小姐，果然是這樣嗎？」

「不……不是的。妳的奶奶……才不可能是這種蕩婦……」

「我爸爸曾說過。當初是因為奶奶的緣故才被人趕出大森林。還說和母親結婚時也遭到反對。」

「……唔！」

「爸爸說奶奶因為這件事而消沉，就算見了面或許也不會表露自己的真實身分。」

艾莉娜麗潔和羅爾茲有著那樣的過去啊。

不過，我可以理解遭到反對的理由。

在被克里夫要求說要我介紹艾莉娜麗潔給他時，其實我也相當猶豫。要是對象換成自己的女兒和那種女人的兒子，那自然也有父母會反對吧。

「那是……嗚……嗚……」

艾莉娜麗潔哽咽地泣不成聲。

儘管她打算說些什麼，但似乎沒辦法好好說出口。

希露菲也覺得自己說了不好的事，開始有些坐立不安。

「克里夫學長。」

我向克里夫搭話。

克里夫依然露出一副驚慌失措的眼神。

「怎……怎麼了？」

「請帶艾莉娜麗潔小姐到二樓找間合適的房間休息吧。」

「是……是啊。知……知道了。」

「希露菲也是，那件事就等到待會兒冷靜下來再談吧。」

「好……好的。」

艾莉娜麗潔的手被克里夫拉住，用膽怯的目光看著我。

「魯……魯迪烏斯，我……我雖然是這樣，那個……羅爾茲是普通的孩子。當然，他的小孩希露菲也是，所以……」

所以那又怎樣？是要我別用偏見的眼光看她嗎？看來她不信任我啊……
不過，這也是因為我這陣子都在閃躲艾莉娜麗潔。像這部分，說不定是因為有一些各式各樣的誤解累積起來的緣故。
我把嘴巴湊到艾莉娜麗潔耳邊。
「請不用擔心，我不會因為艾莉娜麗潔小姐的緣故和希露菲分手。」
「可是……」
「與其煩惱那種事，妳還是擔心自己要跟最討厭的保羅變成親戚這件事比較好吧？」
「…………呵，魯迪烏斯。你啊，在這種時候還真是會說笑呢。」
艾莉娜麗潔微微一笑。
這樣暫時可以鬆一口氣。
總之，先讓她冷靜一會兒之後再說比較好吧。
「關於這件事，請妳待會再和希露菲兩個人談談吧。」
「嗯，多謝你的關心。」
艾莉娜麗潔在克里夫的帶領下離開了房間。
克里夫，你要把這件事做好啊……
巴迪岡迪沒有來打招呼。

而是盤據在房間的角落，一邊呼哈哈哈哈地笑著，給房間帶來了開朗的氛圍。
真是讓人感恩的存在。

第七話「婚宴・結束」

宴會順利進行。
我們並沒有特別在眾目睽睽之下進行誓約之吻或是交換戒指。
這裡的婚宴就只是把東西吃吃喝喝，彼此交談，吵鬧過後就三三兩兩地回去。
不死板這點確實不壞。

最先回家的人，是莉妮亞和普露塞娜。
不在別人家待太久這點，或許是出於獸族的禮貌。
「那麼，老大，祝你幸福喵。」
「這下老大就是這所學校名副其實的老大的說，讓人很期待新學期的說。」
兩個人這麼說完，在雪中踏上歸途。

第二個回家的是七星。
七星被路克頻繁地搭話。
那幾乎可以說是搭訕，但路克好像也不算很明顯地引誘她。倒是積極地說著七星可能會有興趣的料理還有服裝的話題。
用感興趣的語氣聊著對方喜歡的話題，雖然稍微有點對不上。
我並不打算學以致用，但是確實學到不少。
相較之下，七星的態度很明顯地不耐煩。她以厭煩的眼神看著路克，厭煩地嘆著氣。最後彷彿逃跑似的前去廁所。
然後，從廁所回來後馬上就來到我這邊，神情帶著些許興奮。
「我差不多該離開了，而且那傢伙實在有夠煩。」
「這樣啊。辛苦了，今天感謝妳特地前來。」
「明天又要繼續麻煩你了……還有……」
「還有？」
「下次，我可以來這裡泡澡嗎？」
看樣子，她去上廁所時好像還順便參觀了我們家的浴室。
如果是日本人，當然會想念浴室。畢竟她的名字也叫靜香嘛。
「好啊，不過，或許會被大〇偷窺也不一──」（註：出自《哆啦A夢》）

「還是算了。」

「不是，我是開玩笑，開玩笑的。隨時歡迎妳過來。」

七星默默地點頭，打算踏上歸途。

雖然太陽還沒下山，但一個女人自己回去不要緊嗎？

不過她是一個人過來這裡的，那應該有帶著護身用的魔力附加品，大概沒問題吧。

「克麗妮，妳去送塞倫特小姐離開。」

「是，公主殿下。」

就在我猶豫不決時，愛麗兒已吩咐她的隨從。

領袖魅力果然了得，會適時地關心周遭狀況。

只是七星固執地拒絕了她的提議，一個人回去了。

第三組是札諾巴和茱麗，還有巴迪岡迪。

巴迪岡迪、札諾巴以及愛麗兒似乎把酒言歡了好一陣子。

基本上，我為了喜歡喝酒的巴迪事先準備了相當程度的量。

儘管如此卻好像還是太少。雖然我在地下室放著事前購買的三桶酒桶，但轉眼之間已有兩桶被喝乾。

正當我想說這下子有必要追加購買，但在那之前札諾巴已經醉倒了。

「呼哈哈哈哈！就連神子也如此不濟啊！」

「哈哈哈……唔，真是慚愧。看來本王子似乎趁著興頭稍微喝多了。」

「Master，沒事吧？」

茱麗試圖用那瘦小的身軀支撐搖搖晃晃的札諾巴。

「呵呵呵……您不妨到房間休息一下如何呢？」

愛麗兒似乎沒有喝太多。

會不會別喝得太醉，也是淑女的修養呢？不過話又說回來，愛麗兒的動作相當高尚。看得出來從傾倒酒杯的方式直到笑容都非常小心翼翼。

不知道是否有點醉意了，略為紅潤的臉龐讓她看起來更為高雅。

這就是阿斯拉王國的禮儀規矩完成型嗎？

「不，假如在師傅家耍酒瘋是弟子……甚至還是榮耀的西隆王族之恥。儘管不捨，就請容本王子在還能走動時先行離席。」

札諾巴這麼說完，就來向我打最後一聲招呼。

其實我覺得他住下來就好啦。算了，就隨他去吧。

「那麼，吾也該回去了。阿斯拉的公主啊，保重。」

「是。也祝福陛下身體健康。」

「呼哈哈哈哈！吾既不會生病也不會受傷！」

於是，札諾巴和巴迪岡迪也決定踏上歸途。

原本我還以為他們會待到酒宴的最後，真意外。我向兩人道謝後，目送他們到入口。

就這樣，由於人也減少，代表婚宴也接近了尾聲。

愛麗兒等人也開始準備離去。

我決定在他們準備的期間，去探望艾莉娜麗潔的狀況。

走上二樓往客房望去，呈現在眼前的是甜美的光景。

不對，就算說是甜美光景，也不是那種過於粉紅色的景象。

是腿枕。艾莉娜麗潔頭枕在克里夫的大腿上。

似乎是在安慰時間結束後，切換到了調情時間。

那感覺挺不錯的，我之後也讓希露菲枕在我的大腿上吧。

「呃，克里夫同學。我有事想和奶奶……艾莉娜麗潔小姐說話，可以嗎？」

走到我身後的希露菲戰戰兢兢地詢問。

克里夫露出尋求幫助的表情看著我。

艾莉娜麗潔起身後，朝著我輕輕地點了點頭。我也點頭回應。

克里夫見狀後起身，離開了房間。

「謝謝你，魯迪。」

希露菲嫣柔一笑，隨後走入房內。

而我則是和克里夫一起走下樓梯。就在這時，克里夫露出了不安的神情。

「那兩個人……不要緊嗎？」

「……不行的話，待會兒就由我們打圓場就好了。」

我們一邊交談並走下樓。

回到樓下後，愛麗兒等人已經收拾好物品準備要回去了。

兩名隨從正在幫愛麗兒穿上大衣。

愛麗兒注意到我後稍微點頭致意。

「魯迪烏斯先生。今日非常感謝您。」

聽到主人這句話，三名屬下也深深點頭致意。

我差點就像個日本人那樣一起低頭。不過，在這種場合還是不低頭比較好吧？

「希露菲在做什麼呢？」

「現在正和艾莉娜麗潔在交談。」

「這樣啊……不過話又說回來，沒想到孤苦無依的希露菲還有親人，真讓我驚訝。」

「就是啊。這個世界真的很小。」

畢竟是艾莉娜麗潔和希露菲嘛。兩者有天與地之間的差別，主要是在貞操觀念上。

「那麼正好。魯迪烏斯大人，請問能稍微借用您一點時間嗎？」

愛麗兒說了句別有含意的話。

總之我先點頭同意。

「那麼，請往這邊。」

愛麗兒這麼說完後，快步穿過房間前往走廊。

然後再從走廊移動到玄關，就這樣打開門移動到外頭。

理所當然地，其他三人也跟了上去。

我也隨後跟上。

太陽已經西下，天色開始變暗。在玄關前這個過往行人不多的積雪道路上，愛麗兒停下了腳步。

然後轉頭過來開口說道：

「魯迪烏斯先生。我明白這很失禮，但請聽我說……」

儘管有一瞬間的猶豫，但她依舊開口說道：

「能請您和路克決鬥嗎？來一場不使用魔術，劍與劍之間的勝負。」

「……」

對於這突如其來的提案，我並沒有做出回答，而是抿緊雙唇。

我望向路克，他擺出滿不在乎的表情將手放在腰間的劍上。看樣子，這似乎不是愛麗兒突如其來的決定。

「能姑且讓我聽聽理由嗎？」

我這麼詢問後，愛麗兒露出輕柔的微笑。

「只是個遊戲罷了。」

「遊戲……是嗎？」

然而，路克拔出的劍是開鋒過的真劍。

像那種兩面刃的劍，也沒辦法當成遊戲用刀背去砍吧。

「是不是至少能準備木刀呢？畢竟我也沒有真劍。」

「您可以用魔術來準備武器也無妨。」

「不是說不用魔術嗎？」

「這點程度沒有問題。」

總之，我用土魔術製作出石劍。

雖然做得多少比較堅固，相對的也比較重。但因為我姑且每天都有在練習揮劍，還不至於揮不動。

然而即使是這樣的武器，要是打中的地方不對還是會死吧。

至少這把武器並不是可以在遊戲中用來朝對手打過去的東西。

「請安心。這件事是路克提出的。」

「路克嗎？」

「只要魯迪烏斯先生能使出全力將路克教訓得體無完膚，這樣就行了。」

要是不用魔術，我只是一般人水準。也不一定有辦法教訓路克。

「作為參考讓您了解一下。路克習得了劍神流的中級以及水神流的初級。那把劍是魔力附加品，能輕鬆劈開鐵盾。鞋子和希露菲穿的那套相同，可以提高裝備者的速度。這件斗篷可以隔熱，手套能提高力量，在制服底下還穿著防刀刃的衣服。」

「……那還真厲害。」

根本就是堅如磐石的帥哥裝備嘛……

要湊齊所有部位，感覺就算我把那重新裝修的家賣掉也不夠。

「這樣的話，我想可能會是我被路克教訓到體無完膚……」

「儘管我認為沒有這個可能……那麼當您感受到死亡威脅時，在那個當下即使使用魔術也無妨。」

「那也只能祈禱我不會在使用之前就被劈成兩半呢。」

不過，為什麼會做出這樣的提案呢？

無論我們雙方是誰死在這種地方，對彼此來說都不會有好處啊。

「在那之前，希望您能告訴我理由。是不是我曾經做了什麼得罪到各位呢？」

「不。這只是遊戲罷了。當然，即使您拒絕了也沒關係。」

「無論是接受也好拒絕也罷，要是您不願好好說明理由的話會讓我很傷腦筋的。即使是這種石劍，要是打的位置不對也是會死人的喔。」

「路克也已經做好心理準備了。」

我根本就沒做好心理準備啊。我才剛新婚，可不想死掉還是殺人什麼的。

「那就麻煩您了。」

愛麗兒的聲音中蘊含著某種悲愴的聲響。

透過這樣的比試到底是會有什麼收穫啊？

我不懂。在阿斯拉王國存在著這種帶有儀式風格的事嗎？

像紹羅斯的話倒是有可能會說：「想娶艾莉絲的話就打倒我。」

呃，紹羅斯爺爺已經不在人世了。

「魯迪烏斯。拜託，你就答應吧。既然你也是個男人就應該懂吧？」

路克說了這句話。

說既然我也是個男人啊。真是卑鄙的台詞，好像不懂理由的我就不是男人似的。

……算了。

反正這也不是真心要互相殘殺吧。

「我明白了，還請你手下留情。」

不過，總之還是讓我用個魔眼吧。畢竟我可不想因為意外而死掉或是殺人。

「非常感謝您能答應這個提案。」

儘管看不出意圖為何，路克聽到愛麗兒這句話後擺出架勢。

看到這個景象，克里夫從身後用驚慌失措的聲音說道：

「喂……喂，魯迪烏斯，這樣好嗎？」

「啊，克里夫學長。要是你覺得真的不妙，就麻煩你立刻使用治癒魔術。」

「呃，好……這我明白啦。」

我緩緩地架起石劍。

兩人的距離應該是三步之差嗎？是一足一刀的狀況呢。比我平常設想的距離還要接近。

（註：劍道對彼此距離的一種稱呼，是雙方竹刀前端大約十公分左右的距離）

「那麼，準備好了嗎？」

「好了。」

聽到我這句話，愛麗兒一聲令下。

「開始！」

「喝啊啊啊啊啊啊！」

路克大吼，猛踩地面。

〔雪被踹散，路克的身體朝著我筆直加速。〕

好慢。不，以平均來說絕對不算慢吧。大概和莉妮亞相同程度。

然而，還未達到我以往一直預想的速度。

遑論奧爾斯帝德，甚至也遠遠不及瑞傑路德和艾莉絲。大概也還比佐爾達特略遜一籌吧。

使用了魔力附加品也就這點程度嗎？

「喝啊！」

〔路克步步逼近，揮劍斜劈了下來。〕

劍勢遲鈍。不對，這也絕不能說遲鈍吧。

看得出來動作很扎實，也確實搭配了體重之勢。並沒有到仰賴裝備的程度。

但果然還是遠遠不及我預想的速度。

「喝！」

我瞄準路克的前臂。

劍神流，先發制人招「擊臂」。

這是我很久以前就學過的技巧，重複了好幾次、好幾萬次，遵照劍神流之型的動作。

「唔！」

我的石劍重重劈下，一擊就打斷路克的手臂。劍從他手中掉落插入雪中。

「還沒完！」

路克立刻試圖用左手撿劍。

「不，已經結束了。」

我一腳踹在路克的胸口妨礙他撿劍的動作。

路克倒在雪地上，我把石劍對著試圖起身的路克。

「到此為止！」

愛麗兒宣告決鬥結束。

「……唔！」

路克用折斷的手揍向地面。

接著按住自己的手臂發出「咕喔喔」的痛苦呻吟聲。

「埃爾莫亞，用治癒魔術。」

愛麗兒一聲令下，一名隨從衝到了路克身旁。

像是要用那豐滿胸部包裹住折斷的手臂似的抬著，施展治癒魔術。

「好厲害……」

從身後聽到了克里夫的讚賞。是因為克里夫對接近戰一竅不通，所以才不明白。

說實話，剛才的戰鬥水準很低。

在我之上的劍士、戰士其實多如過江之鯽。

像佐爾達特和艾莉娜麗潔就是如此。對上那些傢伙要是不用上魔術和魔眼應該贏不了。

路克很普通，是個普通的劍士。若不使用魔眼的話或許會交戰個好幾回合，但就如愛麗兒所說，他並非是我會打輸的對手。

「路克學長，不要緊吧？」

「……我沒事。」

聽到路克冷靜的回答，我扔掉石劍。

石劍深深地沉入雪堆中。

路克起身並朝我這邊看來。他平常吊兒郎當的表情已蕩然無存，換上了一臉認真的表情。

「希露菲……就拜託你了。」

「……那當然。」

意思是他為了確認是否能把希露菲交給我，所以才像這樣實際測試我的實力吧。

「不過，還是希望能再稍微詳細說明一下理由呢。」

「也沒有什麼重要的理由。只是，路克也有自己的想法，算是男人的執著吧。」

「男人的執著……難道說，路克也喜歡希露菲嗎？」

我並沒有開玩笑的打算，但愛麗兒聽到後皺起眉頭。

糟糕，或許失言了。

「我們大家都喜歡希露菲。只是，那並非男女之間的關係。正因為是曾經生死與共的同伴，才會對彼此有各自的思慮。」

「是。很抱歉，是我失言了。」

「您能明白就好。」

愛麗兒換上泰然自若的表情。

然後她朝我的家望去。現在希露菲和艾莉娜麗潔正在家裡對話吧。

愛麗兒開口說道：

「……總有一天，我會回到阿斯拉王國。一旦回去，我不是成王，就是死去，兩者擇一。以機率來說的話，後者是壓倒性地高，阿斯拉王宮對我而言，將會成為葬身之地。」

「……非得回去不可嗎？」

「要是逃避，我就會不明白自己到底是為了什麼而存活至今。至少得奮戰到最後一刻，不然我有什麼臉去面對那些相信我而死去的人們呢？回到阿斯拉王國，是我的義務。」

這就是所謂的貴族義務（noblesse oblige）吧。

儘管說得悲愴，但公主卻依舊面不改色。這是認為自己正在做的事是理所當然，深信不疑的表情。雖然我也沒有偉大到能用居高臨下的角度去評價別人，然而她這樣的態度，我認為以為政者來說相當稱職。

「可是，希露菲並沒有那種義務。」

的確，希露菲既不是王族也不是貴族。只是因為轉移事件而被扔到王宮的局外人。

儘管她以愛麗兒的朋友身分協助她，但似乎並沒有對她宣誓效忠。

「希露菲救過我一命，以朋友的身分留在我的身邊。就連知道自己失去雙親時也一直如此。至今為止，我一直都在對她撒嬌……但是，已經足夠了。我也差不多該停止對希露菲撒嬌，希露菲應該要走上自己的道路才對。」

然而，希露菲卻打算跟隨公主。

畢竟這幾年來，希露菲和公主一路走來，一起同甘共苦。

所以我也不是不能了解她想陪伴公主直到最後的心情。

比方說，如果瑞傑路德要挑戰拉普拉斯的話，縱使會嚇到腿軟我也會陪他一起去吧。不對，這個比喻有點不太一樣。不過，想為了朋友而戰的心情是相同的。而且既然希露菲自然地採取了這樣的舉動，那我甚至會對她引以為傲。

但是，如果這是一場沒有勝算的戰鬥，我也不是沒有想要阻止她的念頭。

「希露菲她……現在似乎還打算要陪伴著我們直到最後一刻。但既然結了婚，只要努力一下遲早也會懷孕吧。如此一來，硬是要與我們同行的這個想法，應該就會自然消滅了才是。」

「…………」

「不過，萬一她並不這麼想，而是硬打算要陪我們一起，到時就請您好好地阻止她。」

這就不知道了。我到時能阻止希露菲嗎？

我覺得不行。倒不如說，我也會打算跟過去一起幫忙吧。

畢竟我原本就是這麼打算。

公主還有協助我讓事情變得如此圓滿的恩情在。

雖然還有保羅那邊的事要處理，有種左右為難的感覺，不過，既然各自都有狀況這也是無可奈何的事。互助精神不應該摻雜個人的問題在裡面。

「……話雖如此，要是您不珍惜希露菲，非要讓希露菲飽嘗辛酸的回憶，覺得讓她陪著我們一起赴死會比較好的話，那我們會要回希露菲。雖然在力量上敵不過您，但方法要多少有多少。還請您千萬……不要讓希露菲產生和我們在一起會比較好的想法。」

「我會銘記於心。」

這不用妳提醒。

「那麼，魯迪烏斯先生。希露菲就麻煩你照顧了。」

公主這麼說完，轉身回頭。

兩名隨從對我低頭致意，路克撿起劍，用眼神和我打了聲招呼。

四個人不等希露菲下樓。

就這樣走過積雪的街道，消失而去。

我看著他們的背影，如此思考。

倘若那個時刻到來，無論愛麗兒說什麼，我都要去幫他們。

我回到家裡後，艾莉娜麗潔和希露菲正要從樓梯走下來。

雖然艾莉娜麗潔的眼眶有些紅腫，但表情倒是多了幾分清爽。

「啊，魯迪。愛麗兒殿下呢？」

「就在剛剛回去了。」

「是嗎……對不起喔，把事情都推給你。愛麗兒殿下沒有說什麼嗎？」

「她說希露菲就麻煩我照顧了。」

正當我在猶豫要怎麼提起決鬥那件事時，克里夫走到前面說道：

「路克突然就向魯迪烏斯提出決鬥的要求。不過，真不愧是魯迪烏斯。面對對手的攻擊只用一招反擊就解決了。真想讓妳們兩人也看到那個臭屁的男人按住手臂蹲著的樣子呢。」

不愧是克里夫，根本不會看場合。

雖然無關緊要，但克里夫是不是不太喜歡路克啊？不過算了，那不重要。聽到這件事後希露菲眉頭一皺。

「魯迪，你和路克吵架了嗎？」

「不，與其說是吵架，不如說他是在愛麗兒公主的見證之下向我提出決鬥。」

「……這樣啊。路克是想確認一下吧。」

「確認什麼？」

「確認魯迪的實力。至今為止一直挺身守護著我和愛麗兒殿下的人畢竟是路克嘛。」

她想表達的事情我並非無法明白。

不過，路克居然有那種熱血男兒才會有的想法嗎？
果然不能以先入為主的觀念來判斷一個人，這表示那傢伙也是個男人吧。
畢竟男孩子都會有自己的堅持嘛。
是說，明明老公跟人決鬥，我家的老婆難道都不會擔心嗎？
對方手上的武器可是開鋒過的真劍耶。
「不過還是謝謝你，魯迪。」
「謝什麼？」
「對路克手下留情。因為路克很弱，要是魯迪認真出手的話他會死掉吧？」
看樣子，她好像打從一開始就不認為我會輸。
畢竟我也沒受傷，光聽克里夫的說明也沒有讓人擔心的要素。
綜合上述，路克還真是可憐。居然被希露菲斷言很弱。
「嗯，我這邊差不多就是這樣，那麼妳那邊也已經談完了嗎？」
「嗯。」
希露菲開心地點點頭。

★
★
★

看樣子，艾莉娜麗潔果然是希露菲的奶奶。

換句話說，就是羅爾茲的母親。

在各地生產半長耳族的她，由於詛咒和本來的個性使然，麻煩事接踵而來。艾莉娜麗潔也是在最近這十幾年才在這方面變得較為應對得宜，聽說在那之前經常會引起很大的麻煩。

當時的禍根一直到了今天，依然根深蒂固地殘留著。

這種現象似乎在長耳族之間特別嚴重。

艾莉娜麗潔的小孩僅僅因為是她的小孩這點就會理所當然地受到他人忌諱。受到迫害，遭受非人的對待，到最後甚至還會被趕出村落。

由於這種事不勝枚舉，據說艾莉娜麗潔在遇見孩子或者是孫子時，見了面的當下就被劈頭謾罵的狀況也不在少數。

因此，艾莉娜麗潔後來即使生下小孩也不會對他們說出自己的名字，直到將小孩照顧到他們成長到能獨當一面時再斷絕關係，一直以來似乎都持續著這樣的模式。

她似乎一眼就看出希露菲是自己的孫子或是曾孫。

不過她原本並不打算與希露菲接觸。結果是由於看見了因結婚而幸福洋溢的希露菲後，心中湧上無限的感慨，才不自覺地流下眼淚。
真是沉重的話題，感覺都要忍不住落淚了。
然而，她說由於這是自己喜歡這麼做才導致的結果，所以嚴正拒絕我胡亂安慰。
就在經過這樣一番交談後，我被克里夫叫到房間角落。
「魯迪烏斯。」
「請問有什麼事嗎，克里夫學長？」
「不用叫學長，講話也不用那麼恭敬。從今天起就直接叫我克里夫吧。不，給我照做。」
結果還是用學長命令啊。不，還是別挖苦他了。
「是關於麗潔的事。」
「嗯。」
「老實說，麗潔並不是我想的那種人。」
「……哦，所以呢？」
還是幻滅了啊。
雖然我也不是不能理解。因為一直認為自己喜歡的對象其實不僅有小孩，甚至都有孫子了。而且根據剛才聊到的內容，好像還有曾孫存在的可能性。如果是我的話肯定會受到不小的衝擊。

話雖如此，如果他聽了剛才的事後說什麼「幫我跟她分手」的話，那就算是我也會生氣。

艾莉娜麗潔並沒有欺騙克里夫。

是克里夫自己擅自誤會喜歡上她。

雖說得知真相後就對對方幻滅這種事時有耳聞，但這樣實在令人作嘔。

不過基本上，我不會阻止他。像這種人渣就乾脆地跟他分一分，讓艾莉娜麗潔從今天起住進這個家就行。到那時候，只要希露菲同意就能做擬似親子蓋飯的……不不，我除了希露菲以外……

不，但是，這間接上也可以說是為了希露菲著想……

「麗潔是個比我想像中更可憐的人，我絕對要治好她的詛咒。雖然因為我是天才遲早會幫她治好……但為了提高可能性，你可以協助我嗎？」

「…………」

那個令人作嘔的人渣是誰？是我啦，對不起。

「聽了那種話後，你都不會感到幻滅嗎？」

「幻滅？那怎麼可能。你在說什麼啊？」

這句話中沒有任何迷惘。

「不……不過自己喜歡的人跟許多不同的對象睡過，別說是小孩就連孫子都有了耶。」

「那又如何？我是米里斯教徒。無論對方有怎麼樣的隱情，和我的理想有多大出入，我依舊有讓自己深愛的一名女性幸福的義務。」

克里夫斬釘截鐵地這麼說。

我身體在顫抖，不妙。或許我太小看克里夫了。

今後還是尊稱他克里夫先生比較好吧。

不對，沒有必要做到那樣。就和往常一樣叫他克里夫學長吧。

「……我明白了。只要力所能及，無論任何事我都會幫忙。」

「嗯，能得到你的幫助，那我就放心了。」

我一和克里夫握手，他就用那小小的手強而有力地回握。

「是說，別用敬語啦。我和你是朋友吧？」

「不要。」

在我胸口萌生而出的，是對克里夫的敬意。

就讓我略盡棉薄之力吧。

★　★　★

最後，艾莉娜麗潔和克里夫踏上歸途。

我總算和希露菲兩人獨處。

我們兩人一起收拾客人弄亂的房間。說是弄亂，但基本上來的都是懂得規矩的人。頂多只是把掉到地板上的東西擦拭乾淨。

料理還剩了一些，但總比準備不足來得好。就當作今天的晚飯吧。

打掃結束時，太陽已下山，周圍變得昏暗。

我點亮照明，回到客廳。坐在三人座的沙發上後，希露菲輕輕地坐到我的旁邊。今天一天實在是累壞了。

「雖然發生了許多事情，但能圓滿落幕真的是太好了。」

希露菲把頭靠在我肩膀上的同時，笑著這麼說道。

「是啊。」

我試著摟住她的肩膀後，希露菲將身體整個靠了過來。

我把臉埋在頭髮裡面用力地聞那股味道。嗯~味道真是香甜。

「魯迪，這樣很癢啦。」

希露菲嘴上這樣說著，但並沒有不願意。

所以，我就這樣繼續聞著。

「魯迪……我啊，打算把頭髮留長。」

突然，希露菲說了這樣的話。

把頭髮留長。那是我以前提議過好幾次卻都被拒絕的事。我從以前就認為希露菲很適合留雙馬尾或是綁馬尾，但一直覺得沒機會實現。

「……這樣真的方便嗎？」

「為什麼講得這麼恭敬啊？」

「因為現在在講嚴肅的話題吧？」

「呃～也不是那麼嚴肅的話題啦。像我……你看，現在的髮色也已經不是綠色了吧？況且愛麗兒殿下也要我像個女人。只是在學校果然還是打算穿長褲，所以我想至少得把頭髮留長比較好吧。」

原來如此，意思是希露菲已經不會覺得自卑了嗎？

「不穿女生用的制服嗎？」

「咦～那不適合我啦。」

雖然覺得應該沒有那種事……好吧，百聞不如一見，下次就去買一套吧。

不過這件事先放在一邊。

「不過，我也想看看長髮的希露菲啊。肯定會很可愛的，雖然現在也很可愛啦。」

「嘿嘿，謝謝你……嗯。那我就留長嘍。」

這麼一來，過陣子就看不到希露菲這短髮的模樣了嗎？

那得趁現在烙印在腦海裡才行。

不對，剪短的話就能看到了啊。

「為了能讓魯迪一直喜歡我，我也得努力才行。」

這台詞是什麼？都要讓我痛哭流涕了，為什麼她會這麼喜歡我啊？

……我也得努力別讓她討厭我才行。

本大爺系……好像有點不對還是忘了吧。就放棄遲鈍系，以當個機靈的男人為目標吧。

儘管我不知道自己能不能做到……不，加油吧。

「希露菲，今天辛苦妳了。」

「嗯，魯迪也辛苦了。」

不過，今天確實累了，就泡個澡舒坦一下，悠哉度過吧。

就這樣，我和希露菲結婚了。

第八話「有家的生活」

與希露菲結婚之後，經過了兩個月的時間。

魔法大學迎來新學期，我也升上了二年級，生活產生了巨大的變化。

首先，我搬離宿舍，開始從自宅通勤上學的生活。

早上在自己房間的大床鋪清醒。此時要是希露菲睡在我旁邊，我會給她一個早安之吻。希露菲起得很早，幾乎和會進行晨練的我在同樣時間起床。

之後，會進行已成為日課的訓練。

我會繞著城裡跑一圈，並用前陣子和路克進行決鬥時使用過的石劍進行揮劍練習。

儘管我依舊無法讓身上纏繞鬥氣，但訓練絕對不會白費。

訓練時，不知為何有時巴迪岡迪也會露臉。雖然他總是放聲大笑根本就是在擾民，但我也不會冷淡對待他。

巴迪岡迪偶爾會陪我對練。

就技術面來說，他比不上瑞傑路德還有基列奴。不僅如此，甚至還遜於保羅和艾莉絲。不對，與其說比不上，應該說是辦得到卻不去做的感覺吧。然而他在防禦方面上會很明顯放水。或許是因為他具有不死身的肉體，所以感受不到有這麼做的必要性。

因為他偶爾給出的建議意外地切入核心，說不定認真一戰會相當強。

結束訓練回家後，希露菲會做好早餐來迎接我。

巴迪岡迪在吃完飯後，會馬上就消失無蹤。

巴迪岡迪的行動始終是個謎團。

他到底在想什麼呢……不過看起來倒像是什麼都沒在思考。

巴迪岡迪沒有來的日子，我們兩人會做出「啊～」之類的舉動一邊卿卿我我一邊吃飯。

吃完早餐之後，就前往魔法大學上學。到學校大約是徒步三十分鐘左右的距離。

儘管札諾巴說「有點不方便啊」，但我感覺沒有那麼遠，只要用跑的馬上就會到。

抵達學校時是離開始上課還稍微早了一點的時間，此時會和希露菲在宿舍前面道別。

之後，在稍微打發了一點時間後，我會去找克里夫和札諾巴。

克里夫會利用整個上午的時間研究詛咒。他借了一間研究室，分解魔力附加品和魔道具，或是尋找書籍調查其中的模式。

似乎遲早有一天就會著手製作原創的魔道具。

「雖說要轉移詛咒，但畢竟還沒找到方法。不過，要是我的假設正確，應該能製作出消除詛咒的魔道具。」

他所謂的假設，就是「魔力附加品」和「詛咒」是相同的東西。

既然針對物品的詛咒是「魔力附加品」，那麼針對人的詛咒就是「咒子」。換句話說，只要能像這樣設法處理「魔力附加品」的效果，就也有辦法像那樣設法處理「詛咒」。

之所以連續使用這樣那樣的曖昧單字，是表示研究才剛起步。

「現階段沒有事情要拜託你。因為這是我的研究，交給我來做吧。當然，我並不是打算輕視你，而是因為我也有自尊。」

他用好像玩具就快要被搶走的小孩似的語氣這麼對我說。

如果是七星的話倒另當別論，但我並不認為自己出手幫忙就會讓事情有進展。

順帶一提，下午克里夫會有很高的機率和艾莉娜麗潔黏在一起，所以我盡量不去露臉。

札諾巴多半會整天都待在研究室。

基本上是解讀在宅邸發現的那篇文章，或是用臉頰磨蹭那具自動人偶。

雖然還沒有出現成果，但這也沒辦法。

札諾巴對人偶的熱情是貨真價實的，遲早會解開自動人偶的祕密吧。

「茱麗就麻煩師傅照顧了，這邊的事情就交給本王子設法處理。」

我是信任札諾巴才交給他處理，然而札諾巴卻似乎害怕我會忍不住插手。感覺好像我一出手就會讓研究結束似的。

每個人都對我評價過高，明明我根本不了解自己專業以外的事。

不過，這感覺就好像被排擠一樣，有點寂寞呢。

對了，赤龍模型的製作過程似乎也在他研究的空檔之餘慢慢地有所進展。

茱麗會在他身旁製作人偶。

現在她獲得了一張作業用的桌子，在那專心勤奮地練習。

「Grand Master，今天也……拜託您了。」

由於晚上沒辦法再教她魔術，所以我會在上午教茱麗土魔術。

與她相遇也過了快一年。儘管她的成長十分顯著，但要著手實行量產計畫倒是還有得學。現在只能讓她循規蹈矩地反覆練習。

根據希露菲的說法，只要讓她從小開始持續使用相同系統的魔術，據說也能提高精確度。我一概不教她其他知識，只是一味地讓她使用土魔術。

若希露菲的理論正確，那她光靠這樣就能成為土魔術的專家。

要前進到下一個階段，就等她有進一步的成長之後再說也行。不需要著急。

中午會去餐廳。

儘管也曾想過做便當自己帶來，但其中牽涉到許多因素只好放棄。

在餐廳一樓的角落，已經成為我們的專屬座位。

說是我們，但基本上也只有我、札諾巴和茱麗，偶爾會有巴迪岡迪、克里夫和艾莉娜麗潔，還有莉妮亞和普露塞娜也會湊進來插一腳。

還有，現在幾乎每天都會看到路克或是希露菲。

並非會一起用餐，而是三言兩語交談個幾句話後他們就會離去。據說這是故作姿態的一種，藉此讓其他人認為愛麗兒和我之間有友情關係。

我和路克之間並沒什麼可聊，不過和最近頭髮留長稍微變得有點女人味的「菲茲」學長，倒是多少會卿卿我我一下。話雖如此，似乎還有不少人認為她是個男人，所以有些傢伙看到我們這麼做後會露出奇怪的表情。

希露菲在以「菲茲」身分現身時，似乎不想要在大庭廣眾下一直膩在一起。

之前曾有一次摸過她的屁股，結果對我擺出了一臉傷心欲絕的表情。既非生氣也沒有瞪著我，而是露出了難過的表情。看來她似乎希望我在別人的面前盡量收斂這種變態行為。

這也是理所當然。雖說希露菲是不太在意他人眼光的類型，但還是會討厭別人認為自己的丈夫是個在任何地方都會發情的猴子吧。

我至少得在她面前表現出帥氣的一面才行。

用完午餐後會去上課。

一如往常，依舊是上級治癒魔術和中級解毒魔術的課程。我會坐在普露塞娜旁邊的座位專心默記咒文，或是對彼此使用治癒魔術，要不然就是在吃肉。

沒有上課的日子，會教莉妮亞攻擊魔術。

「最近，老大都不再碰我的身體了喵。」

「明明發情的味道很濃，但卻始終沒有出手，實在是很不對勁的說。」

她們兩人似乎對我的理性表現出難以掩飾的驚訝。

我現在對希露菲堅忠貞不二，所以一律不碰其他女人。

儘管普露塞娜偶爾會說著「嗯哼的說」來戲弄我，但我不予理會。

莉妮亞對很多事倒是不拘小節，所以偶爾內褲會完全外露，這部分我也是盡量不去看。

只是，實在是無法抗拒與生俱來的罪孽之深，今天是水藍色的。

午後，我會到七星那邊露臉。

她一如往常板著臉。

在恢復了性欲的狀態下看著她，感覺十分符合紅顏薄命這個詞彙。

是在這一帶很少見的那種頗具日本人風格的體型以及五官。不知是我變成了這副身體後就連興趣嗜好也產生變化的緣故，儘管不認為有那麼出色，但確實感到一股懷念的感覺。

「我話先說在前頭，如果你對我出手，我可是會哭著去向奧爾斯帝德告狀。」

「請妳饒了我吧。」

每當我過於打量她，她就會說那種話。

她知道我對奧爾斯帝德恐懼到過頭的地步。

當然，我也不打算對她出手。

因此，這個對話是為了保持彼此距離的一種類似形式上的確認。

「…………呼。」

七星時常感到煩躁，甚至還能感受到焦躁感。

然而經過這半年時光，她以前累積下來的未實驗魔法陣的庫存也即將用盡。

我認為前進到下個階段的時刻也逐漸逼近了。

七星的實驗結束之後，我會去迎接希露菲。

希露菲基本上一如以往，依舊擔任著公主的護衛。

不知道是不是公主有為才剛新婚的她設想，一旦她上完課，並處理完公主的日常起居後，會先回家一趟。話雖如此，由於還有夜間的警備工作，所以在吃完晚飯，稍微打掃家裡再去浴室洗完澡，就得立刻趕回學校。

感覺要費兩次工夫。讓她吃苦了。

然而，希露菲本身似乎並不這麼想。

「有個家在讓人很安心呢。」

她是這麼說的。

夜間的護衛……就將其稱為夜班吧。希露菲每三天就要上兩次夜班。換句話說，每過三天就會有一次休假。考慮到至今為止她都是全年無休的話，其實算相當多。

之所以如此，全都要歸功於艾莉娜麗潔。

因為她主動接下了公主的護衛工作。

雖然我沒看過艾莉娜麗潔和公主交談的場景，但那兩人似乎很合得來。

原本還以為淫蕩的艾莉娜麗潔和清純的愛麗兒應該會水火不容，但好像沒有這回事。

……據希露菲所言，聽說愛麗兒並沒有那麼清純。只是在我的面前裝得一本正經。

不需要上夜班的日子，我們會在回家的路上一起繞去市集購物，採購三天份的糧食。

不過，在這一帶流通的基本上是以豆類、薯類或是肉乾等保久食品為中心。

我也差不多想吃米飯了啊。只要擴張七星開拓的運輸路線，是不是就能從南方進口稻米過來呢……算了，這就先暫時不管它。

回家之後，就享用晚餐。

希露菲與那宛如田徑隊的外表不同，非常會煮菜。

儘管得意料理似乎並沒有那麼多，但會煮口味懷念的菜讓我飽餐一頓。

她的調味方式和我在布耶納村吃過的食物非常相似。

因為她的廚藝是向莉莉雅學的，想想這也是理所當然。

穿著圍裙在廚房俐落地動作的希露菲實在很可愛，讓我想從後面用力抱緊她。

之前曾經有一次打算幫忙煮菜，卻被她婉拒了。

關於煮菜這件事，她似乎有著無法退讓的底線。明明她就不是廚師。

遲早有一天想試著對她提議說做類似裸體圍裙的打扮，但不知為何總覺得會被拒絕。

到了晚餐時間，偶爾會有客人造訪。

雖說是客人，但基本上也只有曾招待到這個家裡的那十二個人而已。

克里夫和艾莉娜麗潔比較常來。不知道札諾巴是不是在顧忌什麼，沒那麼常出現。

而七星會以每個月一次左右的比率來這邊泡澡。其實她應該是想更常來的，但或許是有所顧忌吧。

為了不被誤會還是先聲明吧，我並不會去偷看七星入浴。

不知道七星是不是也有在提防著這方面，只有在希露菲在家時才會來。

好啦。用完晚餐後客人也回去了，接下來就是開始我們兩人獨處的甜蜜時刻。

白天的希露菲，也就是「菲茲學長」相當威風凜凜。甚至讓我從遠處看到就會想搖著尾巴靠過去，但是她要求我必須保持節操和帥氣。

相對的，夜晚的「希露菲」不僅嬌滴滴又很聽話。

無論我說什麼都願意照辦。

就連我不小心脫口說出非常變態又反常的欲求時，她也會回應我的要求。

「和在阿斯拉王宮的那些人相比的話很普通喔。」希露菲如是說。

希露菲自己從不主動對我提出要求。

不僅如此，甚至還會說：「魯迪想做的事情就是我想做的事喔。」，根本就是要吹飛我所有的理性。

老實說，也已經有好幾次在理性被吹飛後盡情對她為所欲為。

然而，如果沉溺在這種狀況對她肆意妄為下去，感覺遲早會把希露菲當作物品看待。

當然啦，我很喜歡色色的事，一直夢想著這樣的狀況。

但是啊，希露菲是我的老婆。一個具有獨立人格的人類。不能這樣對她為所欲為。

尊嚴。沒錯，我想尊重她的尊嚴。

雖然我是這麼認為，但實在難以抗拒誘惑。當希露菲用溼潤的眼神注視著我說：「不需要忍耐喔。」的話，感覺連忍耐這件事都可笑了起來。

我是脆弱的人類。

在人生中想說看看一次的話語，在人生中想被說一次的話語。

在人生想嘗試看看一次的事，在人生中想被做過一次的事。

感覺在這兩個月內，已經把這些消化了一半左右……

我不會強人所難，也不會做她討厭的事。只是我也想為了希露菲做點什麼。

有了這樣的想法後，我試著詢問希露菲。

「我說，希露菲，妳有沒有事情想讓我做的呢？」

「咦？……那，你還記得之前約好的事情嗎？」

我聽到這句話的那瞬間，立刻將頭叩在地板。

「非常抱歉，我不記得了。」

我老實地謝罪了。

希露菲慌慌張張地把我的頭抬起來，並說：「因為那是一年前的事了，這也沒辦法啦。」而原諒我。

說不定我在這種地方真的很沒用。

「就是啊，魯迪之前不是曾用過嗎？『亂魔（Disturb Magic）』，我希望你教我那個喔。」

「小事一樁，我就徹頭徹尾地好好教妳吧。」

「我基本上能使用到上級為止的治癒魔術。魯迪有在上治癒魔術的課對吧，我來教你。」

就這樣，我們決定在用完晚餐後教彼此魔術。

我教希露菲亂魔，希露菲則是教我無詠唱的治癒魔術這樣的形式。

雖然這樣就失去了原本的用意，但光是被人教導，她似乎沒辦法接受。

希露菲是會為他人盡心盡力的類型。

該說是那種自己不做點什麼就無法安心的類型，還是該說是對方幫她做了些什麼就會過意不去的類型呢？

然而，至今為止我都無法施展無詠唱的治癒魔術，還是先虛心受教吧。哎，就先觀察希露菲的狀況到時再向她提議就好了。

好啦。只要搞懂理論的話，馬上就能使用無詠唱的治癒魔術。

「呃，我想和其他的無詠唱魔術並沒什麼差異……」

我也曾經有段時期是這麼認為的。

我無法用無詠唱的方式施展治癒魔術。

就算聽了希露菲的理論再去實踐，果然還是辦不到。

「魯迪，該不會是你不明白被施加魔術的那一方會有什麼感覺？」

事到如今與其說是終於發現，應該說被指出後我才察覺到，看來我似乎無法感受到治癒魔術的部分魔力流向。

治癒魔術是要透過接觸對方的身體，灌注自己的魔力。灌注進去的魔力將會使對方的魔力流向產生變化，進而治癒傷勢。換句話說，就是透過魔力去干涉對方的魔力治癒傷勢那種感覺。

然而我卻無法理解被干涉的一方會有什麼感覺。

要比喻的話，就是即使用右手食指去觸摸左手掌，卻只有食指那邊才有感覺的意思。

如果是攻擊魔術的話我就能理解像血液流動的那種感覺……真是不可思議。

不僅是治癒魔術，我可能就連那些所謂的支援系魔術，應該說強化、弱化的魔術都無法以無詠唱的方式使用吧。說不定這也和鬥氣相同，只有轉生者才會有這種狀況。

不過基本上，或許單純只是我不擅長的系統是治癒系也說不定。

「總覺得有點安心了。原來魯迪也有辦不到的事啊。」

希露菲這樣說完，露出了靦腆的笑容。

雖然在這個領域被她超越讓我有些不甘心，但若是希露菲認為「自己什麼都贏不了」的話也會很難受吧。這樣就好了。

和不中用的我相反，希露菲自然而然地理解了亂魔。
儘管要靈活運用似乎還得花上一段時間，但遲早也能在實戰中使用吧。
希露菲作為一名學生果然十分優秀。艾莉絲、基列奴、札諾巴、茱麗還有莉妮亞，至今我教過許多人魔術，但感覺希露菲的成長最為迅速。
說不定她也是某種天才。
「不過，感覺這個很犯規呢……要是使用這招，魔術師就無用武之地了耶。」
「嗯，畢竟這也是七大列強曾使用過的招式嘛。」
「咦？是這樣啊。魯迪你還認識七大列強嗎？」
「……………不，並不是我，是七星認識的人。」
要是我說自己差點被殺掉，那她肯定會擔心我。
還是連奧爾斯帝德的名字都不要提及比較妥當。
畢竟他也有可能說我擅自教別人亂魔，然後又襲擊過來也不一定。
「我希望這件事情妳盡量不要跟別人提起，也包括亂魔這招在內。因為若出了什麼萬一得和七大列強交手，到時我也是束手無策啊。」
「知道了，要保密對吧。」
希露菲這樣說著，嚴肅地點了點頭。

希露菲沒有回家的日子，我會努力打掃和洗衣服。

基本上清洗希露菲的衣物也已經變成了我的工作。

希露菲的衣物，舉例來說像希露菲的內褲還有胸罩也包含在內。

當然，我身為一個丈夫會收斂自己的變態行為。不會做出塞入口袋帶回自己房間去，甚至是拿來使用這種勾當。頂多就是聞一聞的程度罷了。

而在此時湧上的這股年輕性欲，就會每三天一次請希露菲親自設法處理。

掃地姑且是有在掃，但聽說看在希露菲的眼裡就是「隨便」。

雖然在冒險者時代，每當我投宿在新的旅社都會先打掃過，但真要說的話，我更習慣把房間弄亂。

儘管希露菲會在假日幫忙打掃，但這宅邸以兩個人住起來稍微寬敞了些。也有許多沒有在使用的房間，相當麻煩。雖然認為這樣下去不行，但無奈空間實在太大。

還是該僱用一名女僕比較好嗎？

說到女僕就想到莉莉雅。

保羅他們也差不多和塞妮絲碰面了吧。艾莉娜麗潔他們是在三年前掌握到塞妮絲的行蹤。假設從那時穿越魔大陸，抵達米里希昂大約要一到兩年的時間。然後是貝卡利特大陸的……迷宮都市拉龐來著對吧。我想從米里希昂前往那裡應該不需要花上一年。

我寄出第一封信是在一年半前。

如果已經送達了，那我想應該也差不多是收到回信的時候了……是我太急了嗎？

雖然艾莉娜麗潔也說過不用擔心，但還是會有點不安。

雖然會感到不安，但洛琪希也為了我們而行動。那麼與其我慌慌張張地跑去尋找，不如穩穩地在這待著還比較好。

仔細想想，布耶納村已不復存在，保羅他們也失去了自己的家園。

選擇在米里希昂安家也未嘗不可，但如果他們打算來這裡，那在這個家一起生活也不錯。

朝這個角度去思考的話，結婚後準備一間房子，也可以說是為了家人著想吧。當然這算是後來才加上去的理由，充其量也不過是煞有其事的藉口罷了。

話又說回來，原為尼特族的我居然要扶養雙親……實在是讓人充滿感慨呢。

不過和希露菲兩人獨處的愛的小屋也很難讓人割捨。

第九話「信」

早上醒來後，希露菲就躺在我的手臂上睡著。

白色秀髮，白皙的頸項，再加上細長的睫毛。這麼可愛的女孩以穿著一條內褲的不成體統模樣睡在我的手臂上。在我的眼前露出完全安心的毫無防備睡臉。

我稍微將毛毯掀起來一看，就可以看見希露菲的櫻花。在稍微上面一點的位置，還留有一顆小小的痕跡。那就是所謂的吻痕。是我昨晚留下的。

生前，我總是在想留下吻痕到底有什麼樂趣，然而像這樣早上起床後看見自己留下的吻痕，其實非常愉悅。像是不良分子在自己的女朋友身上留下刺青或是穿環那種感覺。一股征服感油然而生。

希露菲是我的女人，我不會讓給任何人。

就在我胡思亂想的時候，兒子已經開始做著晨間的收音機體操。

明明昨天進行了那麼劇烈的運動，還真是有精神。明明在生前盡是做著自主訓練，這幾年又只是當個家裡蹲，是因為到了最近總算獲得可以活躍的機會吧，實在很有精神。

不行不行，不能從早上就這麼亢奮。希露菲今天也得去工作呢。

就由我自己做些運動讓它昇華吧。

我將希露菲躺在上面的手臂抽出，把枕頭墊進去。

「嗯……魯迪，那不是喝的啦……」

希露菲翻過身子，並把身體緊緊縮成一團。

夢話真可愛。不過她在夢裡是讓我喝了什麼啊。

如果是希露菲的純天然礦泉水，那無論來多少我都能喝下……

不由自主地輕輕摸了摸希露菲的胸部，一大早就太用力會害她清醒，所以我要溫柔地、輕柔地，就像在摸嫩豆腐那樣。

摸起來感覺靦腆內斂。居然能一大早就摸到這麼值得讚許的好東西，說不定我是世界第一幸福的人。

這就是現實生活充實的感覺嗎？

「嗯……魯迪……」

希露菲微微地睜開眼睛望著我。

然後抓住我的手，用朦朧的表情嘻嘻笑著說道：

「……路上小心。」

「我出門了。」

我離開房間。下次要一起睡得等到三天後啊，實在令人迫不及待。

★　★　★

最近過得很和平。

沒有發生稱得上事件的事件。硬要說有的話，也頂多是莉妮亞和普露塞娜介紹一位少年給我罷了。

據說這位少年是一年級的問題學生，在短短兩個月內就稱霸了同一學年的問題學生。之後他得意忘形，試圖對老大集團出手，卻好像被第一刺客札諾巴狠狠地教訓了一頓。結果據說後來發生了許多事，最後加入了我的麾下。

真是件晴天霹靂的事。

根據小道消息，這所學校好像是由被稱為「六魔連」，宛如四天王那般的存在所支配。據說君臨於其頂點的人就是我。

只要打倒他們所有人，好像就能獲得權利挑戰身為老大的我。就像是不良漫畫那種走向。應該不會被冠上像是「愕怨祭」那種感覺的名字吧。（註：愕怨祭日文音同學園祭）

順帶一提，那六個人是札諾巴、克里夫、莉妮亞、普露塞娜、菲茲以及巴迪岡迪這六人。

既然是要打倒他們所有人，意思是我必須跟能打倒魔王的傢伙交手才行嘍？我才不幹。

但不管怎麼樣，今年的一號生筆頭很悲哀的，被一開始的男人給打倒了。（註：出自《魁!!男塾》，書中將一年級老大稱呼為一號生筆頭）

他在來到我眼前時，整個人縮頭縮尾，表現出相當謙恭的態度。

這個一號生筆頭，在與札諾巴交手時多虧了拉開距離用魔術戰鬥的戰法，似乎上演了一場精彩的對決。最後是札諾巴好不容易撐了過去，在對手魔力耗盡時接近過去一拳將他轟沉。

看來一旦進入遠距離戰鬥，札諾巴就會陷入苦戰。

我打算下次教導札諾巴用高爾夫球揮桿的動作擊出岩石，將其狠狠砸在對手身上的中國奧

義。（註：出自《魁!!男塾》的纏咳狙振彈）

不過話又說回來，在不知不覺之間我似乎真的被當作老大了。

但是也拜此所賜，現在問題學生都會聽我的話，實在是幫了大忙。

前陣子我在校舍裡看到一群霸凌別人的傢伙時也是如此。

當我做好與其一戰的覺悟從旁插嘴後，他們就臉色鐵青地住手了。只要對那種會欺負人的小孩說上一句話就能阻止霸凌。這樣的立場也不壞。

只要我還活著，就不允許有人欺凌弱者。

即使被霸凌的那一方也有問題也一樣。

就在某一天。

我收到了一封信。是保羅寄來的。

看樣子，大約一年半前寄出的那封信如今總算收到了回信。

「魯迪烏斯：

我看到你的信了。你說要進去魔法大學就讀是吧。恭喜你。

雖然發生了許多事，但能看到你踏上自己的道路，我感到很高興。

我想你應該也從艾莉娜麗潔那聽說了，塞妮絲的事情似乎有辦法解決。這都要歸功於洛琪希、塔爾韓德以及艾莉娜麗潔。你幫我向艾莉娜麗潔打聲招呼吧。不過，我想那傢伙只會露出厭惡的表情吧。

總之呢，我們現在正在東部港。

接下來正要動身前往貝卡利特大陸。雖然我沒去過貝卡利特大陸，但那裡是僅次於魔大陸的嚴酷大地。要帶著孩子過去那裡，多少還是會有所顧忌。畢竟諾倫和愛夏現在也才九歲。

所以呢，我們討論到要先把孩子們送到你那邊幫忙照顧。

話雖如此，只讓孩子們踏上旅途當然也是充滿危險。雖然金潔說她會擔任護衛陪著她們，但也沒辦法保證不會出什麼差錯。雖然危險，但與其要再次各奔東西讓人焦慮難耐，那還是一起帶過去貝卡利特大陸比較好。

正當我有這種想法時，與某個人物重逢了。

是你也認識的人。因為那個人說願意擔任孩子們的護衛，所以我就拜託他了。

我想你遇見他時也會很驚訝。是個值得信賴的人。

老實說，這是痛苦的抉擇。

如果在旅途中發生了什麼事，如果在我看不到的地方遭到殘酷對待的話怎麼辦？一產生這種想法，想帶著她們一起走的心情就越發強烈。不過，我果然還是希望孩子們能待在安全的場所，當然也包含你在內。

等諾倫和愛夏到了那裡後，哪怕地方小點也好，希望你能準備住的地方，並送她們上學。

我已經把包含入學費和目前的生活費在內的費用讓她們帶在身上。
這可是相當大的金額啊，可別拿去買女人喔。
……開玩笑的。算了，是你的話應該會處理得很好吧。
是說，其實這應該是得由我來做的事情才對……我這老爸太沒用了，真是抱歉。不好意思，總之就拜託你了。
仔細想想，你也已經十五歲了，等這封信寄到時也差不多十六七歲了啊……成人了呢。
沒辦法幫你慶生我覺得很抱歉。不過愛夏和諾倫的十歲生日我也沒幫她們慶祝。
不過啊，這就等到重逢時再來盛大地舉辦，到時讓我們一家人一起慶祝吧。
這邊的事情交給我處理就行了。儘管菲托亞領地搜索團實質上已經解散，但是現在還有我、莉莉雅、塔爾韓德、洛琪希、維拉、雪拉以及足以往返貝卡利特大陸的戰力。只要順利的話，我想大概晚個一兩年就會到你那了吧。
起先莉莉雅其實也打算讓孩子們和我們一起旅行，看樣子比起孩子，莉莉雅似乎更擔心我呢。真是不像話啊，太慚愧了。
話雖如此，莉莉雅相當信任愛夏。她說能教的事情大致上都已經教過了。
愛夏是個天才。
不論是你還是愛夏，都讓我害怕自己的種了。

但諾倫是個普通的孩子。跟你和愛夏……稍微有點不同。所以我想可能會有很多讓人覺得不耐煩的地方，你就把眼光放遠一點不要跟她一般見識。還有，我想應該是我太寵她了，所以她也有一些任性的地方。

更況且她還討厭你，和愛夏之間也處得不太好。我想到了那邊很有可能會被孤立……不過作為一個哥哥，我希望你不要覺得厭煩，而是要好好照顧她。

以防萬一，我讓她們兩人也攜帶相同的信。

雖然我想只要交給那個人就不會有問題，但若是在這封信寄到後過了半年她們倆依舊沒有抵達的話，到時我希望你能主動去找她們。

總之，差不多就這些了。把所有事情都推給你，實在是很抱歉。

拜託你了。

保羅．格雷拉特筆」

是封滿是歉意的信，保羅那傢伙也真是的。

從文章上來看，好像只有諾倫和愛夏會先過來這裡。

雖然有點不安，但與其帶去貝卡利特大陸，還是讓她們來這裡比較好吧。

不過這樣的話，先請塞妮絲的老家幫忙照顧她們不是也可以嗎？不對，這樣一來也會有別的問題吧？畢竟姑且不論諾倫，愛夏身上並沒有繼承塞妮絲的血統。

至於旅行，應該沒問題吧。

畢竟中央大陸比魔大陸那種地方的危險度來得低很多。在這個世界很多綁架犯，所以說擔心還是會擔心，但是綁架犯基本上只會盯上弱者。只要有兩個具有一定程度實力的護衛，就不需要擔心會被強行拐走吧。

況且信上也寫到會有護衛跟著。

金潔曾是札諾巴親衛隊的女騎士，我不記得她的實力到什麼程度。不過因為西隆的騎士都習得了水神流的劍術，所以應該能夠勝任護衛這個任務才是。

更何況還有另一人。信上寫說是值得信任的人物。

會是誰呢？是基斯嗎？

總不會是艾莉絲吧。其他能信任的又是我和保羅都知道的人……

啊，難道說是那個人嗎？

因為他說過要去探索中央大陸，說不定是剛好幸運地遇見他。

如果是那個人的話，的確能交給他。甚至連金潔都不需要了。

不過話又說回來，從字面上能感覺到保羅對我的信任。

那我得回應他的信任才行呢，畢竟我是長子嘛！

不管怎麼樣還是鬆了一口氣。看來和希露菲結婚，買下一棟房子是正確答案。

尤其是買下房子這件事相當成功。反正還有空房，要迎接她們來住完全沒有問題。

如果說還有問題的話，就是兩個妹妹都還年幼。我和希露菲之間的房事對她們在教育上並不妥當。

算了，只要安排離我們寢室比較遠的房間就行。

真令人期待。不知道什麼時候才會來呢？大約在兩個月後嗎？

不過在那之前。

「這種事情還是得好好地商量才行。」

我尋找希露菲的身影，這個時間應該是在廚房煮菜。

移動到廚房後，一名嬌小的少女正在咚咚地切菜。

矮小的身軀，纖細的肩膀，苗條的身材。看著這樣的背影，讓我不由得慾火焚身。

「希露菲……！」

我從後面抱住希露菲。

並將手從圍裙的下襬伸進去，打算揉捏那柔軟的胸部。

「好痛！」

「啊。」

轉過去一看，希露菲的手指被菜刀給割傷了。

鮮紅的血液形成球體，滴落在砧板上。

是因為我突然抱住，才讓她不小心切到手指。

「呀啊啊啊！」

「……你這慘叫聲也太誇張了啦，魯迪。不過，在我拿利器時這樣做很危險喔。」

與發出慘叫的我相比，希露菲很難得地用了責備的語氣說話。

仔細一看，手指的傷在轉眼間就治好了。她幾乎是在無意識下使用了無詠唱的治癒魔術。

「對不起，我不該在妳煮菜時抱上去。」

「嗯，我煮菜時你要忍耐喔。馬上就煮好了。」

我從廚房離去，在飯廳等待。

有點坐立不安。居然讓希露菲受傷，說不定我有點太得意忘形了。

我坐在椅子上等待。

然後，等希露菲從廚房出來後，我向她低頭道歉。

「剛才實在萬分抱歉。」

「我沒那麼生氣啦，你普通一點道歉就好了。」

「嗯，對不起。」

「好。記得之後要小心點喔。」

我們兩人坐在椅子上開始用餐。

希露菲坐的距離很近，她好像沒有在生氣。最近有點被寵愛過頭了，反而害怕當她對我感到厭煩時會有什麼樣的反彈。

「所以，怎麼了嗎？很難得看到魯迪這麼興高采烈呢。」

「哦，因為收到父親寄來的回信了。」

「咦！保羅叔叔寄來的？」

我把信交給驚訝的希露菲。

她滿臉緊張地閱讀信的開頭，然後露出有點遺憾的表情。

「啊，他還不知道你已經結婚的事啊。」

看樣子是想知道我的家人對結婚這件事會有什麼反應。不過，在她繼續讀下去後就換上一臉嚴肅的表情。最後低喃了一聲：「這樣啊。」

「太好了呢，魯迪。大家都平安無事。」

「是啊。」

話說起來，雖然我回答得很若無其事，但希露菲的雙親都已經過世。

或許我有點不夠體貼。看到我的臉，希露菲露出苦笑。

「真是的，魯迪，你不要露出那種表情嘛。的確，我的爸爸和媽媽都已經死了，不過現在不僅有魯迪，還有艾莉娜麗潔小姐在，我不會感到寂寞喔。」

希露菲這樣說完，就握住我的手嘻嘻地笑了起來。

最近，希露菲變得更加可愛了。原本的超短髮已經留長到了短髮的程度，感覺更有女孩子氣。有著一頭飄逸的白色秀髮，從髮間露出的長耳朵相當可愛。

這樣的女孩居然是我的老婆，該不會是在作夢吧？

「希露菲……」

我想跟這可愛的女孩組織新的家庭。

自然地湧現出這樣的欲望。由於在一起的日子幾乎每晚都會辦事，讓這種想法越發強烈。

話雖如此，到時生小孩難受的人是希露菲。她的屁股小巧可愛，和安產型相去甚遠。雖然在這個世界還有治癒魔術，似乎鮮少會因生產而發生死亡意外，然而，不會死和難受完全是兩回事。

不對，比起那個，真正的問題在於我們倆是否能好好養育孩子這點。

說實話，無論是我還是希露菲，作為一個人來說都還不夠成熟。當然，以年齡來說在這個世界已經算成人，也能賺錢。但是要為人父母的話，真的有辦法順利做好嗎？

……不要緊，這個世上的所有生物都是這樣做的。那麼我應該也能辦得到。即使辦不到，還有希露菲陪在我身邊。只要我們兩人一起努力把這件事做好就行。

何況兩年後保羅他們也回來了吧。

莉莉雅在養育小孩子這方面有自己的一套，應該沒什麼好擔心的吧。

問題是在婆婆。因為我曾聽說塞妮絲和希露菲感情很好，希望不會發生會讓我胃痛的狀況。保羅……讓他看到孫子的話似乎會很單純地感到高興。

啊，不好。現在先把這些事放在一旁吧。

「我想妳看了信後應該也知道了，我有兩個妹妹要來。而我打算讓她們住在這個家裡，可以嗎？」

「當然嘍，這樣一來這個家也會變得熱鬧起來呢。」

希露菲這樣說完，靦腆地笑了。

看來沒有任何問題。

用完晚餐後，我們移動到客廳。開始學習魔術的時間。

儘管我仍然和以前一樣無法透過無詠唱使用治癒魔術，然而默記詠唱，將理論作為知識累積起來之後也會派上用場。並不是只有無詠唱才是技術。何況我也沒有拘泥於此的必要，還是不要妄想一步登天會比較好。

雖然我認為自己在這個世界也算是具有才能，但反正也沒辦法達到頂峰。

既然如此，那我就必須站穩腳步，小心別摔下去才行。

「呼嗯嗯……！」

現在，希露菲正試圖用亂魔消除我做出來的水球。

她把指尖朝向我的手，滿臉通紅地呻吟著。我為了不讓她消掉，使用魔力維持水球。簡直就像是重量訓練那樣的感覺。

如果能把彎曲起伏的水球彈飛出去就是希露菲勝利。

能獲得在床上對我為所欲為的權利。
其實就算沒有那種權利，只要說一聲我也打算照辦。
相反的，如果能維持住水球就是我贏。
能獲得在床上盡情疼愛希露菲的權利。
雖然就算沒贏我也有這樣的權利。
順道一提，希露菲現在除了火以外的攻擊魔術似乎都能使用到上級。
而且連治癒和解毒也是上級。
換句話說，就是這樣的感覺。

火魔術：中級
水魔術：上級
土魔術：上級
風魔術：上級
治癒魔術：上級
解毒魔術：上級

規格相當高。

我最近才知道這六種類別在魔法大學被稱為「基礎六類」，是使用頻度最高的六種類別。在剛開始於魔法大學就讀的兩～三年，會以習得這六種類別的初級魔術為目標。

在取得這些之後，聽說基本的流程是先決定剩下來的幾年要專攻的類別，一直學習到上級為止。

即使專攻一個類別，如果沒有才能也只會在中級止步。

像是魔力總量不足，或是在混合魔術上受挫……

能將多種類別取得上級，或是達到聖級的人物幾乎沒有。

基本上，像希露菲或是克里夫這樣的人才似乎是十年一遇。

十年才出一人的人才。真希望每年都會有一個這樣的傢伙。

雖然要稱之為天才也行，但那終究歸類在一般的範疇。無法與被稱為神的怪物相提並論。

那我的話又是如何呢？

將巴迪岡迪和奇希莉卡的話統整起來，我的魔力總量似乎達到了神級的領域，但總覺得那絕非代表我自己本身具有神級的實力。

以我的情況來說，就像是一般汽車搭載著客機的燃料箱一樣。儘管再怎麼開燃料也不會耗盡，但速度卻昇不上去。如果搭載上符合燃料箱的噴射引擎，這次會變成車體承受不住。從設計理念的角度來看根本是廢物。

然而無論怎麼開都不會用光燃料，是一項很大的利點。

「話說回來，希露菲。」
「怎……怎麼了？現在我在集中精神……」
「我們生的小孩啊，果然會具有魔術的才能嗎？」
「呼啊！」
希露菲的集中力散亂了。
不熟練的亂魔消散而去，水球變為完全的球狀物體。
我將它凍住後，噗通一聲沉進了眼前的水杯。
「不……不先把孩子生下來我也不知道啦……」
希露菲滿臉通紅，開始忸忸怩怩地磨蹭起大腿。
「要生孩子的話，那個……應該說丈夫的努力也是很重要的……對吧？」
用笑容搪塞過去的同時，希露菲開始來回撫摸我的大腿。
希露菲的小手搔得我好癢。為了回敬她，我也撫摸著希露菲的肩膀後面。
今時今日，像這樣的接觸總覺得很讓人開心。客廳瞬間就轉變為粉紅色的氣氛。
希露菲宛如要把臉埋進我的肩膀一樣抱了過來。真可愛。妳的丈夫現在就想開始努力。
算了，要討論甚至都還沒有生出來的小孩是有點言之過早。
俗話說如意算盤別打得太早，所以首先得要有算盤才行。
「啊。不過，因為我長耳族的血統很濃，所以該說是很難懷孕嗎……那個，雖然我知道魯迪想要一個孩子，不過或許會花上很長的一段時間才能如願喔。奶奶……艾莉娜麗潔小姐也跟我說過，那個……沒有辦法馬上就懷孕的可能性很高……」

希露菲將頭離開我的肩膀，略顯不安地低下頭。

自從結婚後已過了幾個月。我和希露菲的性關係正順利地一步一步走下去。

雖然聽起來有點露骨，但我在自己的麥格農扣下扳機的那瞬間，偶爾也會說像是會出現在色情遊戲裡的台詞。並沒有什麼特別深遠的含意，只是單純想說說看的台詞，儘管我也自覺那讓人相當不舒服，但在興頭上還是會不由自主地脫口而出。

希露菲說不定把這些當真了。

雖說還不至於煩惱到不孕的可能性，但或許她自己本身也對這件事感到有些許不安。

「那……那個，如果我沒有辦法懷孕的話，那就算去找小老婆來也可以喔。」

「目前我沒有那種預定啦。」

「不過魯迪……你想要孩子對吧？」

站在相反的立場思考吧。要是發現我無法生小孩，而希露菲又無論如何都想要一個孩子，所以她就去帶來別的男人跟他生小孩的話……

我搞不好會自殺。

我不能讓希露菲留下那樣的回憶。

「希露菲，妳真傻啊。我想的不是孩子，而是與喜歡的對象之間的愛的結晶。」

「魯迪……」

「我愛妳，希露菲，妳是我的公主殿下。」

我這台詞真是有夠肉麻。

害我的背都發癢了。然而希露菲……應該說這世界的人們都對這種台詞沒有抵抗力。

前陣子也是，我只是開玩笑地說「為妳的眼眸乾杯」這樣的話後，希露菲就滿臉通紅。

效果實在顯著，要是害羞就無法往前邁進。

「……我也……愛著你喔。」

希露菲讓眼神一溼的同時，抱住了我的手臂。

整張臉紅通通的，難為情地抿緊嘴角。

Perfect Communication。（註：出自電玩遊戲《偶像大師》）

好啦，就趁氣氛正好移動到二樓去吧。

我用公主抱的方式把希露菲抱上二樓。希露菲將手繞到我的後頸，任我擺布。溼潤的瞳孔中，映照著我那正試圖拚命讓自己顯得帥氣的身影，心臟的跳動彷彿急促的鼓聲似的怦咚怦咚直跳。

既然她也覺得興奮，那就再好不過了。

畢竟這種事還是得重視彼此的感受嘛。

好啦，今晚似乎會成為一個火熱的夜晚。

第十話「崩壞」

那起事件是在收到來信後過了一個月時發生的。

這一天雖然也在幫忙七星進行實驗，然而實驗的內容卻與平常有些許不同。

「只要這個魔法陣成功，就能進行到下個階段。」

七星這樣宣告，並將目前為止最巨大的一張魔法陣展示在我的眼前。

雖說遠遠大得多，但也就差不多半張榻榻米的大小。

在這個世界非常罕見的巨大紙張上，密密麻麻地畫上了細緻的圖案。

是花費一個月以上才畫好的大作，對七星來說更是這兩年來的集大成之作。

「我可以姑且問一下……這魔法陣是用來做什麼的嗎？」

「……要召喚異世界的物品。」

「應該不會又發生轉移災害吧？」

畢竟那場災害是因為七星被召喚過來才發生的。

這表示就算是召喚小型物品，也有可能引發類似的狀況。

儘管我是這麼認為，但七星卻搖了搖頭。

「不要緊的……在理論上。」

「我可以聽一下那是什麼樣的理論嗎？」

「在至今為止的實驗中已經證實，每當要召喚更大、更複雜的物品時就需要更多的魔力。換句話說，這個世界的魔術也遵守著能量守恆定律。這次要召喚的，是既小又單純的物品。假設說我當時被召喚過來的能量甚至得消滅一塊土地的話，那理論上來說，這次頂多只需要轉移魔法陣周圍一公尺左右就能了事。再來，儘管老實說我認為不會發生那種狀況，但即使發生了同樣的事，我在魔法陣裡也設置了保險裝置。畢竟我知道大概需要用到多少魔力。」

……原來如此啊。原來如此，聽不懂。

「能量守恆……那是什麼來著？」

跟質量守恆定律有哪裡不一樣嗎……

「……我自己也沒詳細了解到能向不懂的人解釋清楚，但總之就是在這個世界發生的那些不合常理的事，大致上都是用魔力來相互抵銷掉的意思。你經常使用的那招叫岩砲彈對吧？那看起來雖然是憑空突然讓岩石出現，但實質上是將魔力變化為岩石而來的喔。」

能量守恆是嗎？原來如此，只要灌注越多的魔力，火魔術的溫度就會上昇，土魔術的重量就會增加都是因為這個原因嗎？

「然後——」

之後繼續聽七星說明了原理，但老實說複雜到我根本聽不懂。因為會適用於××定律，所以魔法陣的大小和效果之間是這樣又那樣，然後在應用了某種法則之後又會那樣還怎樣的。

說實話，即使這套理論的某處有漏洞我也無從得知。唯一知道的，就是七星對此自信滿滿。

既然有自信，就代表成功的機率也很高吧。

算了。就算因為失敗而被扔到某處，我應該也能設法回來吧。

「如果因失敗而發生轉移，到時要麻煩妳聯絡我的家人。」

「我就說沒有那種可能性了。」

在這樣的對話後，我站到魔法陣前面。

「那麼，要開始嘍。」

「拜託了。」

七星拜託的對象是我嗎？或者，是拜託神呢？

我將魔力灌注在魔法陣。

把手放在紙的角落，發動魔法陣後，魔法陣微微發出了光芒。

我能感覺魔力正從我的手臂被不斷地吸取。

然而，總覺得有點奇怪，有股不對勁的感覺。感覺魔法陣的發光方式有點遲緩。

甚至覺得有一部分沒有發光……

啪！

在發出小小的聲響後，魔力的流動突然就堵塞了。魔法陣……也不再發出光芒」。

「……」

就這樣結束了。

從那之後，魔法陣就不再出現任何反應。仔細一看，紙張的一部分還產生龜裂。這是因為迴路短路，導致那所謂的保險裝置作用而造成的嗎？

總之呢，也就是說……失敗了。

「……妳覺得如何？」

「失敗了呢。」

七星靜靜地說道。

接著一屁股坐在椅子上，用單肘靠在桌子，大大地嘆了口氣。

「呼……」

她就這樣……目不轉睛地盯著擱在地板上那張紙。那是上頭的塗料已經揮發，僅剩下底稿的魔法陣。然後，還有殘留在紙上的裂痕。她就這樣發著呆，一動也不動地注視著那張紙。

過了一會兒，她連看也不看我一眼這麼說道：

「辛苦了。你今天……已經可以回去了。」

相當兩年時間的集大成之作，在短短的數秒內就宣告結束。

然而，實驗總是會伴隨著失敗。

「算了，也是會有這種事啦。」

「……」

七星沒有回答。

……這算是我的錯嗎？不，應該和我沒有關係。

我只是把魔力灌注到紙張上而已。什麼都沒有做。只要擁有魔力應該任誰都能辦到才對。

若是因為這樣而搞砸，那就是說明不充分的七星不對。

「……」

七星依舊不發一語。

無論如何，今天也只能到此為止。

「那麼，我先失陪了。」

我站了起來。

要踏出實驗室之前，我再次望向七星。她維持和剛才相同的姿勢，一動也不動。

我穿過彷彿置物間那般堆放著許多雜物的房間，離開了研究室。

移動了幾步後，我停下了腳步。

七星在這幾個月情緒相當緊繃。這次的失敗，會不會對她造成了很大的影響？那樣的姿勢，那樣的態度。說不定她並不是在思考下次的實驗或失敗的事，而是就這樣一直茫然下去吧？

不，七星雖然外表那樣但其實還挺堅強的。應該具有正視失敗的度量才對。

就在我產生這種想法的那瞬間——

「啊啊啊啊啊啊啊啊啊啊啊！」

突然從研究室響起吼叫聲。

同時，也傳來某種物品碎掉的聲音。還有某人在大吵大鬧的聲音。

我立刻轉身，快步回到研究室。

「啊啊啊啊啊！」

在那裡的，是披頭散髮，呈現半發狂狀態的七星。

她撕破自己記錄下來的書籍使其散落一地，大動肝火拉倒櫃子，將罐子的內容物傾倒而出，摘掉面具摔在地板上，一邊抓著自己的臉的同時，還踉蹌地撞到牆上。

她搥打牆壁，失去平衡的身體倒在罐子灑出來的內容物上，接著她把罐子砸向地面，起身瘋狂地抓著自己的頭髮。

我慌張地衝了過去，從背後架住她的雙手。

「喂，妳冷靜點！」

「回不去，回不去，回不去……」

七星用空洞的眼神不斷唸唸有詞。

她繃緊全身的肌肉，感覺像是隨時都會再次大鬧般地儲存力量。

「回不去，回不去，回不去了啊啊啊啊啊啊啊啊啊！」

七星再度發狂。

她拚盡全力亂動，打算掙脫我的束縛。

然而，那終究只是家裡蹲女高中生的力量。

非常虛弱，根本就不可能從我手中掙脫。

最後她就像洩了氣的皮球似的虛脫。當我把手放開後，她就當場渾身無力，癱坐在地上。

「喂，不要緊吧？」

看到她的臉，我直覺意識到情況不妙。

她的臉色鐵青，目光呆滯帶著黑眼圈。嘴唇失去了血色，乾燥地龜裂開來。這是精神被逼至極限時的表情。

甚至有可能自殺。

「…………」

我一個人沒辦法處理。怎麼辦？像這種時候能幫得上忙的人是……希露菲。找希露菲。如果是她說不定會有什麼辦法。

正好她今天也不需要上夜班。很好，今天就把七星帶回我們家吧。就這麼辦。

等等，不過在那之前，還是先把她安頓在其他地方冷靜一下比較好。

「不要緊吧？」

「……」

「妳有點拚過頭了。今天就休息一下，好嗎？」

「……」

七星沒有回答。

我把手繞過她的肩膀，半強迫地把她扶起來。就這樣拖行似的離開研究室。鑰匙……不，之後再說吧。一天不鎖應該沒關係。大概。

我直接前往希露菲的所在地，目的地是五年級的教室。

要找人幫忙叫她出來嗎？或者我應該自己去叫她。

當我扶著七星走在路上，周圍的視線就聚集了過來。看來是正好遇上了要移動到教室的人群嗎？

吵吵嚷嚷的真囉唆。我現在很顯眼，是因為我扶著一個女人嗎？

七星現在沒戴面具。還是不要太過引人注目比較好。不過該怎麼做……

「師傅！」

聽到從背後傳來的聲音回頭一看，是札諾巴。

「師傅……請問這是怎麼一回事？」

「札諾巴。七星很危險，快來幫我。」

「……是生病了嗎？」

「類似那樣。」

「那麼，就先把她送到醫務室吧。」

對喔，應該要先去那裡。是醫務室，醫務室對吧。好。

「師傅，交給本王子吧。」

「要小心點啊。」

「當然。來，塞倫特小姐。」

札諾巴將七星以公主抱的方式抱起。是十分慎重又穩定的抱法。七星完全沒有任何抵抗。露出了靈魂出竅的表情，虛脫無力。

「把路讓開！」

札諾巴一邊叫著，一邊往人群衝了過去。

人群就像大海一樣分割開來。

我也跟在他後面。

抵達了醫務室。

我們讓七星躺在床上。

她的表情看來很空洞。臉色非常糟，看起來甚至像是出現了死相。

我們先向值班的治癒術師傳達說她並沒有大礙，畢竟精神上的症狀無法靠治癒魔術治好。

無意間看向腳邊，茱麗正拉著我的衣襬。

「Grand Master，臉色……很糟。」

聽到這句話，我摸了自己的臉頰。

現在我是什麼樣的表情呢？啊，不對，因為我也相當動搖。得稍微冷靜點才行。

「嗯，因為我長得很醜嘛。」

我把手放在茱麗頭上輕輕地撫摸。

沒想到會連這樣的幼女都擔心我。

「請用，師傅。」

札諾巴從旁邊遞來一個杯子。

「謝謝。」

我向他道謝，收下杯子並一飲而盡。

似乎是從平時就放在醫務室的水瓶倒來的。喝下後有種舌頭開始從上顎慢慢剝離的感覺，看來我在不知不覺間已經口乾舌燥了。

「呼……」

我坐在椅子上喘了口氣。

札諾巴就站在我的旁邊，靜靜地詢問：

「師傅，出了什麼事？本王子還是第一次看到師傅如此心神不寧。」

「嗯……」

我向他說明了在實驗室發生的事。

實驗失敗，七星因此發狂。因為感覺放著不管的話她會尋死，所以就幫了她。札諾巴聽到這些，露出難以言喻的表情低頭回望七星。

「她……不是因為喜歡才進行研究啊。」

「…………是啊。」

並沒有心不甘情不願地去做，也不是因為想做才去做什麼研究。

她……只是不得不這麼做，因為不這麼做就沒辦法回去。

所以要是進展得不順，會變成這樣也是沒辦法的吧。

自從轉移事件後已過了六年，然而卻在這重要的一步上受挫。

此時她才回顧身後，認清到已經過了六年這件事。花了六年，卻絲毫沒有任何進展……

「……」

我忍不住嘆了口氣，癱坐在椅子上。

札諾巴也沒有再多說什麼。

在茫然地注視著天花板的七星面前，我們也只能就這樣默默地待在她身邊。

★　★　★

過了一會兒，七星閉上眼睛睡著了。
與此同時，希露菲出現。沒看到愛麗兒。
「因為我收到魯迪和札諾巴將女學生帶進醫務室的傳聞，所以來確認一下。」
好像被傳開了。
流傳的內容是我把女學生弄到昏迷不醒後帶進醫務室，或許會對她做出什麼過分的事。
真過分，為什麼我就這麼不受到信任啊？因為我是老大嗎？
雖然我也沒做過什麼會博得他人信任的事啦。
算了。總之我把在研究室發生的事告訴希露菲。實驗的失敗，以及之後七星大動肝火，然後演變成了現在的狀況。
「發生了這種事……」
希露菲用凝重的表情看著七星。
「因為放她一人獨處很危險，我打算今天讓她睡在我們家。」
「讓她睡在醫務室之類的地方不是會比較好嗎？」
「在她醒來時，還是有個認識的人在旁邊會比較好吧。」
至少，在這種時候絕不能放她一個人。否則會不斷消沉下去。
七星還年輕，對這種事情好像也沒什麼免疫力。
說不定目前為止也曾發生過類似像這次這樣大動肝火的狀況。但是，我認為這次她動搖的程度相當大。所謂的人心一旦失去控制，就會面臨到極限。

所謂的極限，也就是自殺。

「雖然不知道直到她冷靜下來需要花多少時間。我打算讓她睡在我們家，這樣也可以多少照顧她。」

「呃，交給你沒問題嗎？」

「如果只是照顧她吃飯的話不會有問題。」

只是在她把思緒沉澱下來之前做隔離而已，稍微逃避一下現實也沒什麼不好。有時候從痛苦的事情上移開視線也是很重要的，這就是所謂的戰略性撤退。

「……我這不是想要花心喔。」

「我知道啦，還是說你有做什麼虧心事嗎？」

「沒有。」

我完全沒有起歪念的想法。

話雖如此，這可是把別的女人帶進家門。而且還是一個精疲力盡毫無縛雞之力的女孩。

然而希露菲卻好像沒有懷疑我，這就是信任嗎？

「那就交給魯迪嘍，今天要就這樣直接回家嗎？」

「嗯。我沒辦法跟妳一起去買東西，能麻煩妳嗎？」

「包在我身上。」

聽到希露菲可靠的回答，我點了點頭。不愧是希露菲。

於是我們離開學校，匆忙趕回我家。

札諾巴自願提出要幫忙移動七星。剛才是用公主抱的方式，不過這次是揹在後面。雖然札諾巴是王子殿下，但這樣揹著反而比較適合他。

「抱歉啦，札諾巴。」

「不會，畢竟本王子也只能在這種地方幫上忙。」

札諾巴輕鬆地將筋疲力盡的七星揹在身後。

在他後頭，茱麗正小跑步跟了上去。要是讓札諾巴穿上附有鑽頭的潛水衣，說不定就會被稱為Mr.Bubbles吧。（註：出自電玩遊戲《生化奇兵》）

我試著把茱麗抱了起來。

「呀！Grand Master，怎麼了嗎？」

「沒事。」

札諾巴只是瞄了這邊一眼。

我就這樣抱著茱麗繼續前進。茱麗的身體意外地豐腴。一年前明明還是骨瘦如柴，看來現在有在好好吃東西。儘管肌肉量不太足夠，但也不必要求七歲左右的小孩練得渾身肌肉。

「茱麗，札諾巴有好好對待妳嗎？」

「是，Master他……對我……吃了好多的飯。」

「這樣啊，Master『讓妳』吃了好多的飯啊。」

「Master 他，讓我，吃了好多的飯。」

「好乖好乖。」

話說回來，不知道七星是不是有好好吃飯呢？

抱起她的時候，感覺她相當消瘦。雖然不至於到輕如鴻毛，但確實相當輕。

說不定她根本就沒有好好吃東西。

用餐是種精神安定劑。吃喜歡吃的食物，或是和某個人一起用餐，光是這樣就能讓人獲得一點幸福的感覺。

七星應該幾乎沒做過這種事。

「呼……」

不自覺地嘆了口氣。

七星究竟過著什麼樣的生活呢？一個人關在研究室裡，也不好好吃東西。完全不與他人對話，過著盡是在描繪著魔法陣的每一天。

「這並不是師傅的錯，還請您別太氣餒。」

「嗯，我知道。」

札諾巴似乎誤解了我剛才嘆氣的意義，一臉凝重地看著我。

比起七星，他好像更擔心我。

也對，畢竟札諾巴和七星之間幾乎沒有交談過幾次，這也沒辦法。

「……」

接著我們沉默不語地走了一陣子。

此時我聽見了茱麗的心跳聲。是因為茱麗還是孩子嗎？體溫比我要高了一些，相當暖和。

聽著她的心跳聲，不可思議地冷靜了下來。

下次買些東西送給茱麗吧。

過了一會兒，我們到達我家。

我為了妹妹事先準備了兩間房間，先把七星帶進其中一間。

她渾身虛脫地躺在床上。

她的眼睛是睜開的。似乎是在不知不覺之間已經清醒過來。只是眼神空洞，不知道她到底在注視著哪裡。

宛如屍體一般。

她能恢復原狀嗎……

根據我的判斷，應該還勉強有救。儘管是很危險的狀態，但是還不要緊。

我也曾經情緒低落到跟她差不多的程度，但是也成功恢復了。

她會像那樣大吵大鬧也是類似發作的一種，像那種激動的情緒不會持續太久。

不過總而言之，我先摸索了她的衣服，取走可以用來當作凶器的東西。她帶著一把小刀。那是把像指甲剪一般的刀子。儘管我認為這種東西應該沒辦法拿來自殺，但姑且還是先代為保管。

在房間裡面沒有危險的物品。窗戶……畢竟是二樓，還是有點危險啊。先用土魔術固定起來好了。儘管要是她打破窗戶的話就沒戲唱了，但我想現在的她應該沒有那樣的氣力。

由於七星一動也不動，所以我走下一樓。

「她不要緊嗎？」

「不知道。」

我走下一樓後，札諾巴用略微擔心的語氣詢問。

這傢伙和憂鬱那種感情似乎無緣。雖說他有弱點，但基本上都很積極正面呢。

「不管怎麼樣，多謝你幫忙啊，札諾巴。」

「不，因為本王子平時總是承蒙師傅關照。這點小事根本不足掛齒。」

札諾巴一如往常，擺出若無其事的表情這麼說道。

實在是個可靠的男人。

「本王子才想問師傅，您不要緊吧？」

「我嗎？為什麼？」

「塞倫特小姐倒下後，在本王子看來，反而是師傅受到的打擊比較大。」

我有受到打擊。是這樣嗎？嗯，應該是這樣吧。

因為七星發狂開始大吵大鬧，在我阻止她後又變得像一具空殼似的。看到了整件事情的始末，讓我回想起自己過去的往事。

七星所遭遇的雖然和我的情況有些微不同，但也屬於精神上的痛苦。

所以我能感同身受。要是處境稍有不同，說不定變成那樣的人就是我了。

「稍微吧。因為我想起了過去痛苦的往事。」

「可以請教您嗎？」

「…………只不過是在小時候，我也曾經像那樣毫無幹勁地把自己封閉起來過罷了。」

「是本王子無法明白的感覺。」

儘管說法很冷淡，但我也不希望他人隨隨便便就說可以了解這種感受。

「我想也是。」

「總之，如果還有什麼本王子能夠幫得上的，就請直說無妨。因為本王子就只有力量特別卓越。」

「嗯，到時再麻煩你了。」

我十分感激札諾巴的好意。

只要不扯到人偶的話，他也是個不錯的傢伙嘛。

後來，札諾巴再待了一會兒後便回宿舍了。
由於我無事可做，所以就在七星睡覺的房間看書消磨時間。
我很猶豫是不是要讓她一個人獨處。因為像我的話，在這種時候就會想要一個人靜一靜。
可是，她至今為止都是孤身一人。
一直都是孤獨一人。
直到希露菲回家之前，我都陪在七星的旁邊。

第十一話「三個臭皮匠勝過一個諸葛亮」

自從開始照料七星後，已經過了一週。
她一整天都待在家裡面發呆。
不過似乎已經度過了最糟糕的時期。現在雖然食量小但還是會乖乖吃飯，只要催促一下也會進浴室洗澡。當然也不會溺死在裡面而是會好好洗完。
不過基本上，不知是否由於緊繃的緊張情緒斷線，感覺不到以往的霸氣，有種很輕易就能令她屈服的感覺。也沒有氣力，要打個比方的話，給人的感覺就是像被流氓欺騙沒過多久就成了AV女優那樣。

不能放著她不管，得注意別讓她和路克那一類人碰面。

從現在的七星身上感受到一種萬念俱灰的感覺，看來那場實驗的失敗讓她相當難以承受。

畢竟她當時那麼有自信，或許那是種堅如磐石的理論。

那次的失敗，恐怕是意味著她這幾年來的努力全都白費了吧。

我沒有體會過如此巨大的挫折。

最接近的經驗，應該是我作為廢人持續遊玩了好幾年的網路遊戲檔案被刪除那時吧。

在看到訊息顯示無法登入還有停止帳號的郵件的那瞬間，心跳突然加劇，就這樣無法思考任何事情過了一整天。當時還向營運方抗議，呼喊著要徹底抗戰，到最後更是哭著入睡。

後來，我有一個月對什麼事情都提不起勁。

當時我還發誓此後再也不認真玩網路遊戲了。

不過七星的實驗與網路遊戲不同。她有著要回到原本世界的這個目的。要是放棄這個目的，那她一定沒辦法繼續活下去。

我抱著這樣的想法，在生活起居上為她百般照顧，然而她依舊只是整天發呆。

甚至連她是不是有把我的話聽進去都無從得知。

雖然我是這麼想的……

「我還以為全部都堵住了……」

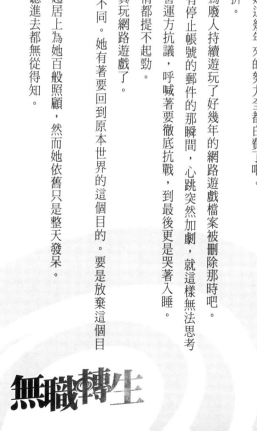

某一天，她喃喃說了一句脫口而出。

我沒有回應，只是默默地聽著。

「魔法陣……用原本世界的物品來比喻就是類似電路板那樣的東西。藉由把好幾種模式的迴路組合起來，就能達成某種功能。然而就是有一個點，無論我怎麼做都沒有辦法把迴路串連起來。不管我再怎麼改變配線，就是會有一點和另一個點無法串連起來。雖然我曾試過硬將這兩個點接通，但這樣一來又會有別的地方出問題。」

為了要接通無法串連起來的迴路，而擴大了原本只需要一半以下尺寸的魔法陣。

為了填補一個不良影響而組織了其他迴路，結果卻還是殘留了一個有問題的魔法陣。

明明乍看之下沒有任何破綻，卻偏偏只有那一個部位無法串連起來。

「就物理上來說已經行不通了，所以表示我也回不了家了。」

盡是東拼西湊，宛如紙糊的魔法陣。

七星已經努力過了吧。

乍看之下，甚至讓人覺得只要再稍微努力一下，就可以把無法串連起來的迴路接通。

然而，這樣一來可能又會有別的迴路無法串連起來。

「已經……無計可施了……」

七星這樣說完，就把整個身子趴臥在床上。

我決定趕赴七星的研究所，回收她的設計圖。

聽到她說的話後，我想起了一件事。

這樣一來說不定有辦法解決。

話雖如此，為了不要讓她空歡喜一場，我決定先確定一下是否可行。

隔天，我把克里夫找來札諾巴的研究室。

俗話說「三個臭皮匠勝過一個諸葛亮」，所以我決定借用天才大人的智慧。

「那位塞倫特居然會陷入那樣的狀態，真是令人難以置信。」

一把克里夫找來，艾莉娜麗潔也宛如理所當然地那樣跟了過來。

她似乎經常泡在克里夫的研究所裡，學校的課那邊還有在上嗎？

雖然她有順利升上二年級，但應該不會馬上就要被退學了吧？

「她看起來應該是個更加堅強的孩子呢。」

「真正堅強的傢伙才不會把自己關在研究室一個人煩惱。」

「嗯，這樣說也對呢。」

艾莉娜麗潔聳了聳肩。

即使是艾莉娜麗潔，似乎也不曾和七星接觸過。雖然她外表看起來這樣，但還挺擅長應付年輕的女性。說不定可以拜託她準備什麼讓七星稍微放鬆一下。

「好啦，兩位。首先請你們看看這個。」

讓他們看了設計圖後，克里夫就露出了不悅的神情。

「真骯髒的魔法陣啊。」

居然用骯髒形容，真是有趣的表達方式。

「魔法陣有骯髒和乾淨的分別嗎？」

「當然啦。因為要製作魔道具時，要是不畫得小巧整潔一點根本畫不下。如果是我就可以畫得更乾淨。比方說把這裡和這邊串連起來，就能把這一帶變得更加精簡了。」

「哦～」

克里夫語帶得意地指著魔法陣說道。

算了，要批評已經完成的作品任誰都能辦到。

我想，如果按照克里夫說的去做，八成又會增加故障的地方吧。

「啊，不過這個點子很驚人啊。居然會把這個部分做出循環，一般來說根本想不到……這樣啊，是因為這道記述才讓這邊變複雜了嗎……」

克里夫看著魔法陣，不停地喃喃自語。

盡是些這個，這邊的，這一帶那種類似的詞彙。

我是不是該再更努力學習呢？只是就算看著魔法陣我也不認為這哪裡有趣，所以即使學了應該也沒辦法融會貫通。

「所以，師傅，這是什麼樣的魔法陣？」

「是塞倫特正在研究的召喚魔法陣。因為稍微遇到了瓶頸，所以我想要借用你們的智慧。」
我這樣說完，札諾巴歪了歪頭。
「可是師傅，我們在召喚魔術方面是門外漢啊。」
「嗯，沒辦法解決也無妨。」
只是，一個人無法想通的事情，說不定幾個人一起來想就會明白。
相反地，既然擅長領域不同，那麼想到的點子也會有所不同吧。
「總之，請你們先看這個部分。魔法陣好像就斷在這個地方，看得出來嗎？」
我指著實驗時破損的部分。
「……咦？噢。原來這裡斷掉了，我倒是沒注意到。這個魔法陣……還沒有完成嗎？呃……把這個串連起來的地方是……這裡嗎？」
克里夫很驚訝。儘管他自稱天才，似乎也沒有馬上就注意到這個部分。天才也不過爾爾。
「為了要把這條迴路串連上去，兩位有沒有什麼想法？」
我這樣詢問後，克里夫雙臂環胸陷入沉思。
接著開始喃喃自語說：「把這邊和那邊……」。從懷裡取出一張紙條在上面東畫西畫。
「這可是難題啊。如果能從頭開始畫……啊，可是……應該沒辦法。」
「運用多重構造的話是否可行呢？」

正當克里夫要做出結論時，札諾巴插嘴說道。

克里夫露出疑惑的神情。

「多重構造？那是什麼意思？」

「本王子正在研究的人偶，是藉由把幾套魔法陣重疊在一起而產生出一個效果。話雖如此，畢竟本王子的研究也才剛起步，還不曾正式畫過魔法陣……」

「先等一下，你說的人偶……是上次的那具嗎？讓我看一下。」

「師傅，可以嗎？」

「嗯，當然。」

雖然不知為何要徵求我的同意，之後札諾巴就把人偶手臂的一截帶了過來。

克里夫興味盎然地調查那截手臂的斷面上的魔法陣後，如此斷言：

「製作這東西的傢伙是個天才。」

能讓自我意識過剩的克里夫說出這種話，那想必相當厲害吧。

「我從未見過這種魔法陣……唔……完全不懂他的理論。他是把兩套魔法陣重疊在一起嗎……不，不對。是更加多重的構造。如果沒有全部湊在一起就沒辦法順利動作……不過之前明明折斷了卻還能行動……為什麼……可惡，這魔法陣到底是什麼鬼啊？」

克里夫像是很懊悔似的咬牙切齒。

那副模樣就好像是親眼見到傳說超人的蔬菜國王子大人。（註：出自《七龍珠》。把日文的蔬

菜重新拼湊就會變成賽亞）

「本王子也還沒把原理摸清，但是據書上記載，這似乎是為了控制手肘動作的魔法陣。」

札諾巴若無其事地這樣說完，克里夫看起來都快哭了。

是因為札諾巴知道自己想不通的事情，所以感到不甘心吧。

艾莉娜麗潔見狀馬上衝到克里夫身邊，將他的頭抱進胸口撫摸並說道：

「好了好了，克里夫是天才，你來調查的話肯定能了解得更詳細喔。」

「我……我知道啦！」

克里夫滿臉通紅，重新打起了精神。

真不愧是艾莉娜麗潔，實在可靠。

不過，老實說現在其實還挺忙的，真希望她能回去後再這麼做。

「克里夫學長。你覺得只要應用這具人偶身上的技術，是否就能解決塞倫特那套魔法陣的問題？」

「不知道。但是我認為有這個可能性。」

沒有辦法篤定嗎……

不過，這應該會是條線索吧。至今為止，七星也只是在平面上描繪魔法陣。

是因為她沒有想到重疊或是曲折這樣的方法，又或者是基於別的理由而沒這麼做。

就祈禱這個方法對七星來說是個盲點吧。

然後，但願她能因此而重新取回幹勁。

★ ★ ★

隔天，我把七星帶了出來。

目的地是她的研究室。

那凌亂的房間已經在昨天先整理乾淨。即使如此房間也仍舊帶有雜亂感，而札諾巴與克里夫已經在那裡待命。他們兩人正在看的，是至今為止七星調查過的研究資料。

七星看到眼前的這一幕，用鼻子哼地笑了一聲。

「怎麼……是打算要三個男人來強姦我嗎？」

居然說強姦，這傢伙到底是有多自暴自棄啊？

只不過因為一次的失敗……算了，人生之所以會偏離軌道通常都源自僅只一次的大失敗。

「妳說什麼！我可是虔誠的米里斯教徒！」

克里夫生氣了。所謂的米里斯教徒在貞操觀念這個點上和基督教相似。

在一生中只能愛著一名女性，嚴禁犯下通姦之行，是個禁欲的宗教。

「噢，是嗎？」

七星踏著搖搖晃晃的不穩步伐，坐在椅子上。

然後，慵懶無力地靠上椅背。

「克里夫學長、札諾巴，總之先把昨天討論的……」

我讓七星看了他們倆趁著昨晚想出來的幾個方案。

七星正一臉無趣地聽著他們的說明。

由克里夫寫上紅字修正過的魔法陣。

札諾巴根據自身研究所提議的多重魔法陣。

我偶然想到提議出來的立體魔法陣。

七星只是一臉不以為意地聽著，表情沒有任何變化，目不轉睛地盯著。

一動也不動。

然而此時眼睛的焦點對上了。那不再是一臉無趣的表情。只是面無表情，但卻全神貫注。

「啊！」

突然間，七星大叫一聲。

「或許……辦得到……」

她喃喃這麼說道。

七星彷彿跳起來似的從椅子上站了起來。

「是這樣嗎，原來是這樣啊，根本就不需要拘泥於平面。是啊，沒錯。畫在紙上就表示是有厚度的啊。只要層層疊起，無論如何巨大的魔法陣都畫得出來。為什麼我會沒想到如此簡單的事情呢！」

七星靜不下心地繞著房間走了三四圈。接著拿起桌上的紙和筆。然後開始潦草地畫著設計圖。寫上類似算式的文字，粗亂地擦掉，然後再度寫上。

「啊～不對，不是這樣！」

「喂，應該是這樣吧？」

克里夫突然湊過去跟動作宛如動物園裡的熊一般的七星提出意見。

並用不知何時拿在手上的紅筆，在七星的筆記上加進註解。

不愧是克里夫學長。即使氣氛突然改變，依然不懂得看場合。

「啊，這樣啊……你真聰明呢。」

「當然，因為我是天才嘛。」

「那這個呢？該怎麼做比較好？我從以前就一直有疑問了……」

「咦，先等一下……」

克里夫和七星肩並肩感情要好地開始在一張紙上塗塗改改。

從旁人眼光看來，只像是小孩子在塗鴉而已。

「札諾巴，你看得懂嗎？」

「到了那個水準就完全無法理解……」

我們兩個被當成局外人了。

不過話又說回來，克里夫還真厲害。那傢伙著手研究魔法陣應該也還沒經過多少時間。算了，反正七星看來也打起了精神。

……這樣一來，即使沒有成功，應該也能獲得某種程度的成果吧。

「札諾巴，抱歉，先麻煩你看著他們。」

「師傅要去哪裡？」

「我去把艾莉娜麗潔小姐叫來。要是她看到自己的男人在不知道的地方和其他女人要好，那傢伙也會不高興吧。」

我這樣說完便轉過身子。

離開研究室時，聽見了七星歡喜的聲音。

自從和七星相遇之後，或許我還是第一次聽到她發出這樣的聲音。

★　★　★

一星期後。

七星完成了魔法陣。

她與札諾巴及克里夫商量，修正不好的部分，並運用新的技術重新構築一套理論，發揮驚人的集中力完成了魔法陣，這一連串的過程快到即使是用轉眼間來形容也不為過。

將五張紙用漿糊密合在一起後，形成了像厚紙板那樣的魔法陣。

「那麼，我要發動了。」

在克里夫和札諾巴的見證下，我把魔力灌注其中。

魔力不斷地被吸走。

魔法陣開始綻放光芒。

這道強烈的光芒，將房間照亮得猶如白晝。

在這道光芒之中，開始慢慢地顯露出某個形體。

等到光芒收斂時，異世界的物品已被召喚至這個世界。

是寶特瓶。既沒有標籤也沒有瓶蓋。是個形狀質樸的寶特瓶。

「喔喔，這真是驚人。」

「這是什麼……是玻璃嗎？不對……這比玻璃還要柔軟。」

札諾巴和克里夫端詳著初次見到的五〇〇毫升寶特瓶，他們倆似乎也難掩興奮之情。

就連艾莉娜麗潔和茱麗也用興味盎然的表情探頭觀看。

七星也是，在看到召喚出來的物品後，她握緊拳頭連聲低喃：「很好……很好！」

眾人的反應只不過是因為看到寶特瓶。

雖然是個平凡無奇的寶特瓶，但卻是一個寶特瓶。

在那個瞬間，這個世界與之前的世界的確連繫了起來。並不是生物而是無機物，是構造極其單純的物品。然而確實地召喚出了在這個世界沒有的東西。

「成功了呢。」

我這樣向七星搭話，結果她也不停地點頭回應。

看來她真的很開心。

「是啊，成功了。這樣一來總算能進行到下個階段了！多層構造的魔法陣，只要深入研究這個原理，大概無論什麼東西都能召喚出來。如果能再整理一下魔法陣，那只要替換掉第二張和第三張……」

此時，七星突然回神。

然後，一臉尷尬地把視線移開。

「……抱歉。給……給你添麻煩了。」

「我們是 Give and Take 吧？下次我有麻煩的時候就請妳幫忙嘍。」

「……當……當然啦。」

這麼謙恭的七星也挺不錯的。

我不經意地轉頭一看，發現艾莉娜麗潔正目不轉睛地盯著這邊。

「你們感覺很親密呢。」

「艾莉娜麗潔小姐每次都馬上聯想到戀愛那方面。」

「畢竟是男人和女人嘛。不過，這樣不太好喔。」

岳祖母的眼神一亮。明明我根本沒打算要花心啊，而且明明希露菲也知道今天的事情。

「是啊，畢竟你剛新婚嘛。要是讓老婆誤會就糟了呢。」

七星拉開了一步的距離。

艾莉娜麗潔嫣然一笑，抱住了七星的肩膀。

「呵呵，沒有必要那麼在意喔。對了！今天就一起去酒館吧！當然是妳請客喔！」

聽到艾莉娜麗潔的提案，七星露出了苦笑。

如果是平常的她，應該會明顯地擺出厭惡的表情拒絕吧。

只不過呢，今天沒辦法這麼做。

「真沒辦法。不過，這樣一來欠你們的就一筆勾銷了喔。」

「那當然，對吧，克里夫？」

被叫到名字，正在用力擠壓著寶特瓶的克里夫回過頭。

「咦？噢，是啊！嗯，這樣就互不相欠了。不過，因為妳似乎還挺優秀的，下次就算要來協助我的研究也行喔！」

聽到克里夫這樣說，艾莉娜麗潔嘻嘻地笑了。

我們決定在大白天就一起出發去酒館。

不知為何，經過校舍時莉妮亞和普露塞娜也湊了進來。

說什麼「不想被排擠的說」、「帶我們去喵」。真不知道她們是從哪打聽到消息。
當我們成群結隊地走在路上時，愛麗兒過來詢問我們發生了什麼事。
道出事情原委後，她說：「那麼我派一個人去負責監視你們吧。」並把希露菲送了過來。
這是愛麗兒名為監視的貼心考量。
當我們走出校門時，不知不覺間巴迪岡迪已經跟在最後面。
哎呀，真的不知道他是什麼時候出現的。
途中我們繞去魔術公會等七星領錢。看樣子，她似乎把魔術公會拿來代替銀行，把相當龐大的金額寄放在那裡。
酒館挑了間巴迪岡迪經常光顧的店。
雖然是大白天，但多少還是有些客人。
然而，七星對此完全不以為意。
她一股腦地把整袋的金幣放在櫃台。
「我要包場。」
「咦……咦咦？」
巴迪岡迪對困擾的店長說了句：「等等吧。」
接著從自己的懷裡取出金幣袋一股腦地放在櫃台。金額再度翻倍。
「今天是祝賀的場子，拿去請今天來這間店的所有客人免費喝酒。」

他這樣宣告。

充滿威信。不愧是魔王大人。就是這點令人崇拜，令人憧憬。（註：出自《JOJO的奇妙冒險》）

魔王大人擺出理所當然的表情，占據了酒館中最大的桌子。

接著放聲說道：

「把這間店菜單上的所有料理都端過來！」

是讓人想說一次看看的台詞。雖然我不用出錢是沒關係，但這個人數吃得完嗎？算了。

在第一道料理上桌時，魔王起身如此說道。

「那麼，今天是為了慶祝什麼？」

「慶祝塞倫特的研究成功。」

「原來如此，那麼塞倫特，站起來。由妳來做開場致詞。」

七星被拱起來致詞。

還露出了有點不甘願的表情。

「…………今天……很謝謝你們。」

「很好，乾杯吧！」

「乾杯！」

就宛如之前婚禮那次的流程，宴會就此開始。

★ ★ ★

是場愉快的宴會。

在遇到好事時就是要大家一起喧鬧喝酒。

像這樣的聚會，我在生前一次也沒體驗過。即使是在這個世界，數得出來的也就那幾次。

在冒險者時代還挺常去應酬陪人喝酒。但是我想當時自己在內心的某處其實嘲諷著這樣的行為。認為喝醉酒耍酒瘋在那大鬧的傢伙是笨蛋，要稍微設想一下，別給周圍的人添麻煩。

然而當自己試著融入其中後，才總算能明白那種感覺。

我認為，人有著不得不拋開枷鎖徹底狂歡的時候。

看到一邊撫摸莉妮亞的耳朵，並同時用日文唱著動畫歌曲的七星，不禁讓我這麼認為。

不偶爾像那樣拋下一切放縱一下，人終究會無法活下去。

因為人生盡是些辛酸事啊。

要是不硬逼自己去創造出好事，就會被擊潰。

我想，像艾莉娜麗潔和巴迪岡迪應該也很清楚這一點。

該說薑不愧是老的辣嗎？

儘管其中也有一些喝得酩酊大醉，用酒精麻醉自己的傢伙，但酒為百藥之長。有時甚至能治好心靈上的疾病。

今天我和希露菲也毫無顧忌地開喝。

我們平常在家不會喝酒。因為沒有這樣的習慣。

雖然也不是因為這樣，但是我直到今天才第一次領會到希露菲的酒品很差這件事。

不，不差。並不是差。

只是黃湯下肚後會變得有點愛撒嬌而已。

「嗳，魯迪，摸摸我的頭。」

「好好好，乖喔。」

「你可以……吃我的耳朵喔。」

「開動嘍。」

「啊哈哈，好癢。」

從剛剛開始，希露菲就變成非常惹人憐愛的生物。

真是太棒了，之後就積極地讓她喝酒吧。

啊，不過要是像這樣，就會擔心她在我不在的地方喝酒。應該要先跟她說好不能在自己家以外的地方喝酒嗎？我可以對她做這樣的束縛嗎？

可以，沒關係。她是我的，隨我高興又有哪裡不對。

「魯迪，抱緊我。」

「好好好，我要用力抱緊妳的腰嘍。」

「嗚嘿嘿，我好幸福喔……」

總覺得希露菲的笑聲開始變得有點放蕩。

噢，不過抱緊醉醺醺的女孩子就會有那個感覺啊。可以深深地體會到為何這世上會有那麼多情歌的理由。嗯叭嗯叭～美啦撒美啦撒～（註：出自《南國少年奇小邪》的角色歌）

好，今天就把這女孩帶回家吧。反正我們住同一個家嘛。

「魯迪啊。那個啊，我啊，前陣子啊，吃醋了呢。」

「咦，真的假的？對誰？我不會再靠近她了。也會斷絕關係。」

「嗯，是瑞傑路德先生。前陣子你有提到他對吧？魯迪在聊瑞傑路德先生時啊，表情會很那個……喔。」

「沒有啦，我是真的很尊敬那個人，妳就饒了我吧。」

「不要～你只要看著我一個人就好了嘛……」

只要看著我……這和前陣子說過的話有點出入呢。

這才是希露菲的真心話吧。

原本還想說這樣實在是太便宜我了，正為此感到害怕，說不定希露菲是努力讓自己接受那樣的狀況。

算了，困難的事情之後再說，現在就好好享受這可愛的生物吧。

當我讓希露菲坐在腿上開始卿卿我我後，七星靠近過來。

「什麼嘛，笨蛋情侶。別開玩笑了。你以為我都幾年沒有和男朋友見面了啊。」

居然來找麻煩，看來她已經喝醉了。

已經不想繼續唱了嗎？如果是有名的曲子我也知道，所以本來還想說要跟她合唱，但這樣一來說不定又會感受到代溝。

「要卿卿我我的話，就去比較不會引人注目的地方啦。」

「哎呀，不要那麼說嘛。今天是酒宴，還請妳隨意就好。」

「而且啊，我之前就一直想說了。每次都在我的房間……卿卿我我、卿卿我我的。什麼，結婚？那算什麼？是沒關係啦，不過你們到底是怎樣啊！居然連別人在失落的時候……半夜都還聽得到聲音耶，真是的……呀！」

七星被巴迪岡迪扛走了。

「呼哈哈哈！妳過來這邊！今天可是聽妳唱那些奇怪歌曲的日子！」

「才不奇怪！在我的世界就是流行這種歌啦！」

「這話可真讓人感興趣！雖然不知是哪裡的世界，就讓妳將歌曲奉獻給吾吧！來，盡情高歌吧！」

「等一下，在那之前我有話要跟魯迪烏斯……」

「呼哈哈哈！明明對方幫了妳卻淨是說些惹人厭的話，那還不如來唱歌！快唱快唱！」

「那只是開場白，我還沒……！」

七星好像在喊些什麼。

難道說她想跟我道謝嗎？不過有困難的時候就是要互相幫助。不需言謝。

不過話又說回來，居然會被魔王給擄走，待遇還挺優的嘛，簡直就像某處的公主大人。

然而，那位公主被擄走後並不是前往監獄。

而是來到了酒館必備的站台。

過了一會兒，七星開始唱歌。

在隨後不久，周圍響起伴奏。居然還有吟遊詩人啊，正當我這麼想時才發現拿著樂器的人是巴迪岡迪。那傢伙還會演奏樂器嗎？是說，明明叫人獻唱居然還自己彈起樂器來啦。

我果然搞不懂那傢伙。

不過話又說回來，好懷念的曲子。是什麼來著啊……

啊，對了，是健邏（Gan ara）。（註：一九七五年成立的日本樂團「GODIEGO」的成名曲）

明明不是她那個年代的歌，還真虧她會知道啊。不對，畢竟這首姑且還算有名，所以也沒那麼突兀。

不過唱得真爛。是因為伴奏的也不清楚曲子的旋律嗎？不對，是因為伴奏和七星都很遜所以根本沒辦法合拍啊。不過……好像很快樂。

算了，反正今天七星是這個圈子的中心。就算唱得爛也沒什麼不好。雖然唱得不好，但心情有傳達出來。原來，她那麼想回家啊。

是我無法理解的心情。對我來說的愛之國度，現在就在這裡。

無論如何，是場愉快的宴會。有值得慶祝的事就要開宴會。

這是不錯的習慣。先記起來吧。

★
★
★

這場慶功宴在身為主角的七星完全醉倒的時候宣告解散。

七星讓莉妮亞和普露塞娜帶回她們宿舍的房間，好像是要在那裡開過夜趴。

其他人則是三三兩兩地解散，另外還有部分的酒豪打算在別間店續攤。

我和希露菲則是決定回家。喝醉的希露菲一邊發出「哆呼呼」的笑聲，一邊緊緊抱住我的手臂。由於她的腳步非常不穩，因此我牢牢地扶住她的腰。希露菲完全把身體靠到我身上。在聯誼後深信自己「可以上！」的那種輕浮男的心情，此時此刻我完全可以理解。

不過，我沒有任何下流的念頭，現在還沒有。回到家之後就另當別論了。

「……魯迪，是不是有點吵啊？」

突然，希露菲說了這樣的話。

「嗯？」

聽她這麼一說，我豎耳傾聽。

於是，聽見了在敲打物體的那種鏘鏘作響聲，以及爭吵的聲音。

是有人在哪裡吵架嗎？也有點像貓在吵架時的聲音。

於是我一邊思考這是怎麼回事，並來到了我們家附近。

結果，就在那裡。

有人正在我家的玄關使勁地拍門。儘管遠遠看去只能看到人影，但確實在那。

是附近的臭小孩嗎？或者是小偷那類的呢？

我一邊用醉暈的腦袋思考，一邊開啟魔眼。

希露菲也用力拍打自己的臉頰，雖然腳步踉蹌但還是用自己的腳站直身子。

「魯迪，我來解毒。」

「了解。」

我讓希露菲用無詠唱幫忙施展解毒魔術，揮發掉體內的酒精。儘管酒還沒完全醒，但不會有問題。

為了不讓對方發現，我們悄悄地靠近過去……於是聽見了聲音。

「都怪諾倫姊搞錯路才會拖到這麼晚啦！」

「……愛夏不是也說走那邊不會錯的嗎？」

「而且也不知道是不是真的在這裡啊！怎麼辦啦，現在旅社都已經關了耶！明明這麼冷我們卻得在外面過夜了啦！」

「……我也不想啊。可是真要說的話，說今天要在那傢伙那邊過夜所以不需要去旅社的人明明就是愛夏！明明我根本就不想住在那傢伙的家，卻硬要把我帶來的人也——」

「因為已經跟金潔小姐說過不要緊了啊！結果卻只有我們找旅社投宿的話不是就像笨蛋一樣嗎！」

「……愛夏總是像這樣愛面子。」

刺耳的吵鬧聲。

那是我有點耳熟的……小孩的聲音。

在她們的對話中，出現了我曾聽過的名字。

然後——

「妳們冷靜點。是這裡沒錯。我感覺到一股懷念的氣息。」

聲音沉著的男性。

聽到那聲音的瞬間，我的胸口激盪起一股無法言喻的感情。

我緩緩地喘了口氣，並移動到他們面前。

「……啊。」

「哥哥！」

那裡有著成長後的兩個妹妹。

身上穿著像是敲〇塊的愛斯基摩人那種不同顏色的禦寒衣物。（註：出自任天堂遊戲《敲冰塊》）

諾倫．格雷拉特和愛夏．格雷拉特。

看到我後稍微面露難色的是諾倫，好勝的眼神中閃爍著喜悅光芒的是愛夏吧。

「哥哥！我好想見你！」

愛夏撲了過來。

就像子泣爺爺那樣，用雙手雙腳把我的身體給牢牢固定。（註：日本妖怪，會讓揹著他的人感到越來越重）

然後，就那樣用臉頰磨蹭著我。具有彈力的柔嫩臉頰抵在我的臉上感覺非常冰冷，是因為我已經醉了的緣故吧。

「哎呀～哥哥好溫暖！有酒臭味！」

「我倒是很冷……稍微離開一下吧。」

我把愛夏從身上拉開，並望向諾倫。

她抿緊雙唇，收起下巴對我打招呼。

「……你現在有在喝酒嗎？」

「是啊，因為有事稍微慶祝了一下。」

諾倫擺出一臉不悅的神色。

這應該不是在害羞吧。畢竟保羅也說過她討厭我，這也沒辦法。

然後，在諾倫的身後——

「魯迪烏斯，好久不見。」

有名臉頰上帶傷的禿頭男子。是個手持三叉槍，充滿尊嚴的戰士。他與三年前的模樣絲毫沒變。

「是的，好久不見了。瑞傑路德先生。」

心中滿溢出一股懷念的感覺。

三個人一起旅行的日子。相遇，別離。

「……」

不知道該說什麼才好。就在我挑選話語時，突然間瑞傑路德望向我的身後。

「雖然我在冒險者公會聽說你結婚了……原來對象不是艾莉絲啊。」

瑞傑路德的瞳孔中映照出希露菲的身影。

她雖然露出了驚訝的表情，依舊低頭致意。

「那個，魯迪。總之先請他們進去裡面吧。」

「嗯，也對。請進吧。」

我打開家裡的門鎖，將三人迎進屋裡。

沒想到，居然會在這個時間點來到……自從信寄到後才過了一個月多一點。

比預想中要快了很多。

第十二話「懷念與懊悔」

現在，我坐在客廳的沙發上。

瑞傑路德坐在我眼前。

愛夏和諾倫，正交給希露菲帶她們入浴。

不管是我和希露菲都已醉意全失。儘管呼吸中還稍微帶有一點酒臭，但解毒魔術具有醒酒的功效。

「……」

篝火的火光照著瑞傑路德的臉龐，看到這一幕讓我回想起初次見面時的事。

不僅如此，和艾莉絲三人一起旅行時的事情也冉冉湧上心頭。

「真的是……好久不見了呢。」

「嗯。」

瑞傑路德也瞇著眼睛，翹起嘴角。露出了懷念的表情。

「首先，請讓我為你願意護衛我妹妹她們一事表達謝意。」

「不用道謝，守護小孩子是應該的。」
沒錯沒錯，瑞傑路德就是這種人。
在旅行的途中，我也曾開玩笑地想說他會不會是喜歡小孩子的籮莉控來著呢。
不過話又說回來，保羅的信中所提到的護衛，果然就是瑞傑路德。儘管我也曾想過有可能會是基列奴，但說到小孩子的護衛果然非瑞傑路德莫屬。沒有像他如此可靠的男人，甚至會讓我希望他能一輩子保護我家的妹妹們。
不過，我也好久沒有和瑞傑路德說話了。
之前我們都是在聊些什麼啊？
因為瑞傑路德也是沉默寡言，所以我們之間也很少閒話家常。
「話說回來，魯迪烏斯，艾莉絲她怎麼了？」
當我猶豫該找什麼話題時，瑞傑路德開門見山地問道。
問了我不太願意被問到的事情。不過對瑞傑路德來說應該很想要了解這件事吧。
「……發生了許多事。要逐一說起的話就是──」
我告訴瑞傑路德在難民營前道別後發生的事。
和艾莉絲結合的事。隨後她消失不見，結果讓我失意到谷底的事。無法勃起的事。這兩年來，一邊當冒險者一邊尋找母親的事。和艾莉娜麗潔相遇，從她口中聽說狀況的事。在人神的建議下就讀魔法大學的事。在那裡和希露菲相遇，讓她幫我治好疾病的事。然後，還有結婚這件事。

「是嗎……」

瑞傑路德並沒一一做出回應，只是靜靜地聆聽。

然後，最後喃喃道出自己的看法。

「這種事很常見。」

「很常見……是嗎？」

我這麼反問後，瑞傑路德點了點頭。

「那恐怕是戰士會罹患的一種病，艾莉絲絕對不是討厭你。」

「可是……信上還寫說配不上……」

「我不清楚艾莉絲的想法。有可能是字面上的意思，或者只是你單純誤會了也說不定。」

「誤會……是嗎？」

「嗯，因為艾莉絲絕不是那種善於表達的人。」

瑞傑路德也絕對不是善於言辭的人。

既然連他都這麼說了，那說不定艾莉絲的話語中還隱藏著其他的含意。

「但是，至少在一起旅行的那段日子，她是喜歡著你的。如果你們再次相遇的那天到來，到時就冷靜地和她談談吧。」

或許，單純只是我誤會了。

「配不上」的這個意思，說不定是指「艾莉絲」「還不及我」的意思。
因此她決定去修行，等到配得上我後再回來。所以，那說不定是要我等她的意思。
「……」
……雖然話是這樣講，但事到如今再提這些也沒有意義。
無論她的話裡有什麼樣的含意，我在這三年來一直飽嘗辛酸。艾莉絲自從離開之後整整三年全無音訊。
而且救了我的人不是艾莉絲，是希露菲。
因為一句誤會，所以就要我拋棄希露菲和艾莉絲重修舊好嗎？
怎麼可能辦得到，都事到如今了。
而且，老實說，要和艾莉絲見面……還是會有點害怕。
雖然並不是不相信瑞傑路德所說的話，但她也真的有可能對我感到厭煩。如果抱著重修舊好的打算接近她，結果卻被揍得鼻青臉腫，連視線都不肯和我對上的話，那我果然還是會很受傷吧。
……還是別再去想了。
無論事情真相為何，現在的生活才是事實。在這邊想東想西也無濟於事。
「瑞傑路德先生，那你都在做什麼呢？」
「……嗯。」

我決定改變話題，聽瑞傑路德的近況。

雖然他露出欲言又止的表情，但還是點了點頭。

「我在與你們道別後，前往了南方的密林地帶。」

瑞傑路德好像是把森林地帶視為斯佩路德族在中央大陸潛伏的場所進行搜尋。

他首先是移動到位於王龍山脈南側的寬廣密林地帶，在那裡花了兩年時間滴水不漏的尋找。

然而終究是沒找到斯佩路德族。

不過，似乎發現了幾項因轉移而死亡之人的遺物。

後來他將那些送到離那最近的城鎮，並在那繼續蒐集情報。

結果，費時兩年的密林地帶搜索行動無疾而終。

瑞傑路德沿著海岸線南下，移動到東部港。據說按照他的預定，在那裡蒐集完米里斯地區的情報後，就要北上到紛爭地帶繼續搜索。

然而，就在那裡幸運地遇到了保羅等人。

之後就如同保羅信上所寫的。

瑞傑路德似乎對是否要帶兩個孩子旅行而猶豫不決的保羅，自願提出願意擔任她們兩人的護衛。

「話說回來，我也遇到了你的師傅。」

「你見到了洛琪希老師嗎？」

「是啊……」

瑞傑路德露出苦笑。

「和我從你那聽說的印象有點不同。」

「是這樣嗎？有哪裡不同？」

「在我報上名號，露出額頭上的眼睛那瞬間，她明顯地感到畏懼。」

「啊～」

仔細想想，教導我斯佩路德族是可怕種族的人就是洛琪希啊。

洛琪希好說歹說也是魔族，而最畏懼斯佩路德族的就是魔族嘛。

這也是無可奈何的事情。

看到瑞傑路德後直打哆嗦的洛琪希。

我也真想看看。

「所以，你就和金潔小姐一起來到了這裡是嗎？」

「嗯，我們在傍晚抵達，原本去了一趟魔法大學，但是沒找到你。」

他們四個人以為我住在宿舍，所以移動到魔法大學。

然而，我們當時已經移動到了酒館。

因為好像有很多人不知道我們去了哪裡，於是就直接問了我的住址。

為了防止彼此錯過，所以他們在那和金潔分頭行動，三個人一起尋找我家，但不知道是愛夏還是諾倫走錯了路，還是說打從一開始問的人就報錯路，總之他們迷路了。

就在他們四處尋找時，瑞傑路德發現我留下的痕跡，總算是抵達我家。

「這樣啊……無論如何，請讓我慎重地向你道謝。真的很感謝你。」

「以我們的交情不需言謝。」

瑞傑路德這樣說完，我的嘴角微微上揚。

能夠被這個男人承認，對我而言是值得引以為傲的一件事。

「不過話又說回來，你們來得還真快呢。」

信在上個月才剛寄到。

就算再怎麼快，我原本以為會再花上兩三個月。

「因為你妹妹幹勁十足。」

「是哪一個？」

「愛夏。多虧了她我們才能有效率地移動。」

據瑞傑路德所言，他們好像按照愛夏的提案，利用夜間也會移動的商隊。

只是，像那樣的商隊基本上不接受外人。

之所以受到接納，似乎是愛夏提出可以把瑞傑路德當作護衛使喚，用來當作載他們一程的謝禮。

能得到瑞傑路德與金潔這兩名護衛。只需多載兩名年幼少女來付護衛的費用。是筆相當不錯的買賣。

不過，據說交涉的過程其實也沒有那麼輕鬆。

不管怎麼樣，他們透過這種方式移動，當商隊停下，就繼續移動旅行到其他商隊的所在處。收集各個商隊的行程以及目前位置的情報，有時為了跟其他商隊接觸，好像還得沿著原路回到上一座城鎮。

當其他三人詢問為何要折返時，愛夏是這樣回答的：

「因為這樣比較快。」

真是令人讚嘆。

「不過，這樣一來瑞傑路德先生應該很辛苦吧？晚上要擔任商隊的護衛，白天也因為要移動而得醒著才行。」

「沒問題。以前像這樣每日不眠不休，馬不停蹄移動的事情很常見……只是……」

「只是？」

「感覺很久沒被這樣肆無忌憚地使喚了。」

瑞傑路德這樣說完，微微一笑。

是想起以前魔王軍時代的事情了嗎？

不過話又說回來，愛夏那傢伙，居然把瑞傑路德當作便利的道具使喚，那傢伙以為自己是誰啊？

「不過該怎麼說呢，我家的妹妹真的是給你添麻煩了……」

「我是在說笑。」

瑞傑路德依舊很寵小孩。

就算他覺得無所謂，但要是讓愛夏被養育成會對年長人士頤指氣使的大人可不行。

之後得嚴厲地說說她才行。

「不過，在瑞傑路德先生拚命工作時，我妹妹她卻在呼呼大睡對吧？」

「沒有睡。她為了能制定最有效率地抵達這裡的計畫，一直都在擬定路線。」

噢。看來好像並沒有把工作都推給瑞傑路德，自己卻只顧著玩。

原來是全心全意在計算天數嗎？甚至還徹夜未眠……那就好。

「不過，還是小孩子。」

儘管愛夏興高采烈地制定了沒有休息時間的計畫，但好像沒有把體力方面的問題計算進去，中途還出現過和諾倫同時累倒而必須休息的狀況。根據愛夏的腦內行程表，好像是預定要在冬季沒辦法移動之前抵達這裡。

簡而言之，就是預定要比信早一步抵達。

「金潔小姐應該也很辛苦吧，她有說什麼嗎？」

「那傢伙反而很開心。說如果能早日見到殿下的話，自然再好不過。」

這個世界的人似乎都是些不懂計算的熱血派。

是說，金潔至今為止都一直遵守著札諾巴的命令啊。真是忠義之士。現在應該已經和札諾巴重逢了吧。

有點想看看金潔看到茱麗會露出什麼樣的反應呢。

「那傢伙似乎打算就這樣回任王子的麾下。」

「原來如此。話說回來，瑞傑路德先生，你大概會在這邊停留多久呢？」

我很自然地問了這個問題。

我想大約會待一週左右吧。

要介紹他給朋友認識，應該花不了那麼多時間。

札諾巴會很高興吧。莉妮亞和普露塞娜她們不知道會說什麼。克里夫又會怎麼想呢？至於巴迪岡迪，說不定他們兩個還認識。

「我明天出發。」

充斥我腦中的這些念頭，馬上就被瑞傑路德的話給打消。

「真……匆忙呢。」

「嗯，前幾天得到消息，據說在位於北部東方的某座森林深處發現了惡魔，我打算去那裡調查一下。」

瑞傑路德似乎已經找到了下一個目的地。

其實我是希望他能稍微待久一點。不，挽留他就太不解風情了。

「而且，我也不打算妨礙你。」

「怎麼會……居然說妨礙。」

我不會讓任何人把瑞傑路德當成礙事者。

「……待在這裡會有點難受。」

他的聲音聽來果然有點落寞。

說不定對瑞傑路德來說，我沒有和艾莉絲在一起這件事情讓他多少受到了打擊。

「…………」

在我的腦海裡，在三年前和艾莉絲及瑞傑路德一起旅行的記憶依舊歷歷在目。

雖然不知道瑞傑路德是怎麼想的，但如果我站在瑞傑路德的立場，在這生活時看到我和希露菲卿卿我我的模樣，說不定會是有點令人難受的光景。

「那就……沒辦法了呢……」

我覺得自己和瑞傑路德之間的友情產生了裂痕。

我和瑞傑路德之間的友情，說不定是透過艾莉絲連繫著的。

「魯迪烏斯。」

被叫了名字後，我抬起頭來。看來我好像在不知不覺間又低下頭了。

瑞傑路德微微笑了。

「別擺出那種表情，我還會再回來。」
我只能對他回以苦笑。我並不後悔自己和希露菲結婚。不過，現在有種彷彿鑄下大錯般的心情。
「如果我有遇到艾莉絲，會詢問她的說法。」
「……麻煩你了。」
我注視著瑞傑路德的眼睛這麼說道。
瑞傑路德的眼神中，閃爍著溫柔的光芒。

後來沒過多久，希露菲就洗完澡出來了。
諾倫好像在浴室裡面睡著了。聽說愛夏在浴室裡玩得很高興，但一洗完馬上就像累癱似的睡倒了。
不愧是浴室，具有不錯的放鬆效果。溫水就是對疲憊身軀的特效藥。
「辛苦了。」
「嗯，愛夏她好像還記得我。看了一眼就認出我是希露菲姊姊，和某人大不相同呢。」
「因為牽涉到頭髮的長度以及有無配戴墨鏡和男扮女裝，不算。」
「不過諾倫倒是不記得我。」
「能記住三四歲時的鄰家大姊姊反而比較少見啦。」

「是這樣嗎?」

她們兩人現在好像已經由希露菲幫忙換上睡衣,感情要好地睡在同一張床鋪。看來得等到明天才能和她們倆說話了。

「呃,初次見面,我叫希露菲葉特·格雷拉特。」

「嗯,我是瑞傑路德·斯佩路迪亞。」

希露菲用生硬的動作向瑞傑路德握手。

曾因翠綠色頭髮而受苦的這兩個人,如今都不再是綠色。瑞傑路德是自己剃掉,希露菲則是因轉移事件而變成白色。

「那個……瑞傑路德先生,請問你要睡哪一間房間?」

「隨便就行。」

「……魯迪,不如就用大房間吧?他對魯迪來說是重要的客人對吧?」

雖然我認為對瑞傑路德來說,房間的大小並沒有太大關係。

反正他應該也不會睡床上吧。

「請當這裡是自己家,找個中意的地方睡吧。」

「嗯,我會這麼做。那麼我先休息了。」

瑞傑路德這樣說完後站起身子。

「好的,晚安。」

我和希露菲就這樣一動也不動地聽著他移動的聲音。

看樣子，他好像進了兩個孩子睡覺的那間房間。

那個死蘿莉控。不對，和我們一起旅行時也是這樣，他在我們睡覺時也沒有移開視線。

因為他就是那樣的男人。這次他是故意發出腳步聲好讓我們知道他的去向。要是這個男人想做什麼虧心事，那甚至能把腳步聲和氣息都一舉消除侵入房裡。應該沒有意圖不軌。

「是不是我做了什麼失禮的事呢？」

突然，希露菲用不安的聲音問道。

瑞傑路德的態度的確有點冷淡。

平常的話，對於主動要求握手的對象，就算態度生硬但應該也不會讓對方產生不快。

他對我和希露菲結婚這件事果然有他自己的想法吧。

「不，希露菲沒做錯什麼。因為他是個跟初次見面的對象沒辦法太親近的人。」

「如果是這樣就好……」

看來希露菲似乎有點受傷。

「我們也去睡吧。」

「嗯。」

儘管沒吃晚餐，肚子卻不餓。

啊，起碼該給瑞傑路德準備些能填飽肚子的東西才對。

我一邊這麼想著，一邊熄滅暖爐裡的火，並確認大門是否有上鎖。雖然有全世界最派得上用場的SE〇M在家裡，但也不能因此而疏於防盜。接著我熄滅燈火，和希露菲兩人一起走上二樓。（註：《SECOM》為日本的保全公司）

兩個人一起鑽進被窩。此時希露菲突然說道。

「今天……那個……還是別做吧。」

「咦？嗯，也是。」

那天我沒有抱希露菲。

除了生理以外的理由，這還是第一次。

★ ★ ★

隔天。

我一如往常地從床鋪上清醒。

希露菲還在睡。平常都是縮得小小一圈躺在我的手臂上睡覺的她，今天很正常地使用了枕頭，看起來睡得有點不舒服。

平常的話，會無條件地覺得這樣的她很惹人憐愛，並伴隨著少許的性欲觸摸她那小巧的胸部。感受著女體畫龍點睛之美，而湧出幸福的感覺。
然而，不可思議的是今天並沒有那種心情。
今天的心情有點陰天，不是適合飛龍在天的日子。
明明瑞傑路德的出現應該很讓人開心，但我果然還是在意著艾莉絲嗎？
總覺得莫名地心神不寧。
只要運動的話應該多少能消弭這種感覺吧。總之，我決定開始進行日課的訓練。
不過卻提不太起勁。不，只要做個五分，不，十分鐘的準備運動想法應該就不同了吧。我抱著這樣的想法走出外頭。

然後浮現在眼前的是令人心頭為之膽寒的光景。

已經有人站在玄關前面。
有兩個人。比我還高大的兩個人。
其中一人是禿頭戰士。為了隱藏綠色的頭髮而剃光，之後就一直保持那樣的男人。
他身上並沒穿戴禦寒衣物，而是穿著具有民族特色的一般衣物，並手持三叉槍。是瑞傑路德。
另外一人，擁有虎背熊腰的巨大身軀，以及黝黑的肌膚和紫色頭髮。

巴迪岡迪將六隻手臂環抱在胸前，威風凜凜地站在瑞傑路德眼前。

「…………」

「……」

氣氛非常糟。

可說是險惡，一觸即發。要是整備班主任在這搞不好已經被刺了。（註：出自《高機動幻想》的原素子）

「……」

巴迪岡迪的臉上沒有笑容。

心情很糟。這非常罕見，平常都是在笑著的巴迪岡迪竟然面無表情。

不知瑞傑路德現在是什麼表情，光從背後看無法得知。

是說，這兩個人果然認識啊。

畢竟雙方都是從拉普拉斯戰役後就一直活到現在，其中一方是拉普拉斯的親衛隊長，另外一方則是反對拉普拉斯的鴿派。雖然如今瑞傑路德也是打從心底憎恨著拉普拉斯，但當時應該也有各式各樣的因緣吧。

「……嗯。」

巴迪岡迪瞄了我一眼。

然後再次看向瑞傑路德。

「是這麼回事啊。」

巴迪岡迪自顧自地露出理解的表情點了點頭。

再來就一語不發轉身回頭。就這樣用力地踏著積雪，消失在道路的另一端。

「……」

瑞傑路德靜靜地回頭。

他的臉上帶著些許緊張的神色，罕見地流下了冷汗。

「你和巴迪岡迪陛下之間曾發生過什麼嗎？」

「……都過去了。」

話語簡短，但大致上猜想得到。

據說當時的斯佩路德族，是個只要進入他們的視線就會不分敵我襲擊的種族。

恐怕巴迪岡迪旗下領土的人們也遭到他們殺害過吧。即使是再怎麼不認真治理的魔王，好歹也算是一國之主。看到自己的領土被人大鬧，不可能坐視不管。

後來他們演變成什麼關係呢？

我完全無法想像那個生性樂觀的巴迪岡迪會用陰險的手段迫害斯佩路德族。

不，正好相反吧。正因為樂觀，所以也很有可能協助遭到蹂躪的無力民眾。

即使這件事是拉普拉斯在背後操刀，但畢竟是瑞傑路德親自下殺手，而巴迪岡迪也因此做出報復。這點應該是不爭的事實吧。

不，等一下。巴迪岡迪也有可能不知道斯佩路德族那件事是拉普拉斯一手策劃的。

關於這部分，下次碰面時就由我來說明吧。

……是說，如果我告訴他將來打算量產瑞傑路德的人偶進行販賣，不知道那位魔王會露出什麼表情。

真希望他能一笑置之。

唔……不管怎麼樣，要是瑞傑路德和巴迪岡迪之間處不好可就讓我傷腦筋了。

「瑞傑路德先生，我自從來到這鎮上後，姑且還是受到那位陛下不少關照。雖然我能想像過去曾發生什麼事……」

「不用擔心，我不打算和那傢伙起爭執。」

瑞傑路德帶著苦笑如此說道。

雖然嘴上這麼說，但剛才的瑞傑路德很明顯釋放著殺氣。

要是我沒有出現的話，說不定他們其中一人已經動手了。

「不過，真沒想到那傢伙會在這種地方。」

「他好像是來見我的喔。」

「嗯，那傢伙就是那樣的男人。」

瑞傑路德露出一臉苦笑，走回屋子裡。想不到瑞傑路德和巴迪岡迪的關係這麼惡劣，真是個盲點。

我原本以為巴迪岡迪和誰都會處得很好。

回到家裡後，希露菲已經起床在準備早餐。

身穿女僕裝的愛夏不知為何也在一旁幫忙。

諾倫似乎還在睡。

我打算要去叫醒她而走上樓梯。敲了門後馬上就轉動門把，但總覺得有股不好的預感，所以沒打開門直接這麼說：

「馬上就要吃早餐了，待會兒要下樓喔。」

儘管沒人回應，但豎耳傾聽後會聽到衣物摩擦的聲音。

看樣子果然是在換衣服。沒有發動幸運色狼技能，因為我已經不再是遲鈍系了。

「……好。」

聽到房裡傳出的回應，我鬆了一口氣後回到一樓。

早餐是五個人一起吃。

愛夏年紀輕輕卻相當懂規矩，吃相非常優雅。

瑞傑路德仍舊只使用叉子。

諾倫睡眼惺忪，吃相並不是很好。

算了，光是有在用叉子就算滿得體了吧。如果和用刀子叉肉，直接送進嘴裡的艾莉絲相比的話。

「那麼，我也差不多該走了。」

用完餐後沒多久，瑞傑路德就準備出發。

他的行囊依舊很少，一身輕裝。

我們四人到城鎮的出口目送他。儘管瑞傑路德說沒有這個必要，但這並不是必要不必要的問題。目送友人離去是理所當然的事。

路上沒有什麼交談，我們五個人一起走向城鎮的出口。

走到一半，諾倫抓著瑞傑路德的衣襬。那是種彷彿會發出「揪」的一聲效果音的含蓄抓法。注意到這點的瑞傑路德也因此稍微放慢腳步。

受此影響，我們也慢慢地走著。

諾倫似乎不想和瑞傑路德分別。

我了解她的心情。因為我也是如此，想要和他再說更多的話。

是不是該挽留他比較好？不僅累積了光用一個晚上還無法道盡的話，也還有許多人想介紹給他，還有許多想讓他看的東西。

可是，我果然還是會把艾莉絲的事掛在心上。

我不希望讓瑞傑路德留下不快的回憶。

儘管希露菲沒有錯……但若不把我和艾莉絲之間的關係做個了結，感覺和他之間還是會有隔閡，無法暢所欲言。

不過現在也不知道艾莉絲人在哪啊。

就在我胡思亂想時，轉眼間已經抵達城鎮的出入口。

「那麼，保重了。」

「瑞傑路德先生也要多保重……」

我們用簡短的話語道別。

明明想說的事堆積如山，但在重要關頭卻無法說出口。

算了，這又不是生離死別。等彼此都比較穩定下來後再聊就行。

順道一提，他好像在昨天就已經和金潔告別過了。

「承蒙您關照了！」

愛夏禮儀端正，很有精神地低下頭。

要是沒有瑞傑路德，她所考量的移動方法就無法成立。看來她對這點知之甚深。

在愛夏與諾倫沒有察覺的地方，瑞傑路德也一定在守護著她們吧。

「愛夏，別對魯迪烏斯太任性。」

「是！我知道！」

瑞傑路德一臉苦笑地撫摸愛夏的頭。

「那……那個……那個……瑞傑路德先生……」

諾倫還沒把手從瑞傑路德的衣服上拿開。

在她那不安的臉上，寫滿了不想離別的心情。

「放心，還會再見面的。」

瑞傑路德微微一笑，把手放在她的頭上。

這是個讓人懷念的光景。

我以前露出像那樣不安的表情時，瑞傑路德也會像那樣摸著我的頭。

諾倫一下低頭，一下抬頭。感覺有什麼話想說，卻又噤口不語。

臉上的表情千變萬化，最後她終於下定決心開口：

「我……我也……想要一起去……！」

她這麼宣言。

瑞傑路德露出困擾的表情摸著諾倫的頭。

「……」

他不發一語，只是默默地摸著頭。

然而，淚水已在諾倫的眼眶裡打轉。

「今後不應該找我，而是要依賴魯迪烏斯。」

「可是，可是！那傢伙對爸爸……！」

「事情已經過去了，那傢伙也有反省。包括妳的父親也一樣。那傢伙過得有多艱苦，就如同我在旅行途中說過的，妳不是也接受了嗎？」

「可是，他昨天還喝得醉醺醺的，而且身邊的女人和之前看到的也不一樣！我果然不能相信他！」

身邊的女人和之前看到的也不一樣。

聽到這句話後，現場的氣氛為之凍結。

然而，會這麼想的人似乎只有我。

仔細想想，我已經和希露菲交代過艾莉絲的事。而且我也沒有花心，更沒有自以為是個花花公子。不過看在諾倫的眼裡是那種感覺嗎？

瑞傑路德的視線遊走在我和希露菲之間，接著露出苦笑。

「這是男女之間的事。偶爾也會有這種狀況。妳的哥哥絕非不誠實的人。」

「……」

瑞傑路德這樣說完，就把手從諾倫的頭上拿開。

諾倫也戀戀不捨地放開瑞傑路德。

「那邊的……再告訴我一次妳的名字。」

「啊，好的。我叫希露菲葉特。」

「希露菲葉特，今後她們倆就拜託妳和魯迪烏斯了。」

「好……好的！」

瑞傑路德最後和希露菲進行了交談。不知道瑞傑路德究竟是怎麼看待她。儘管會有一些想法，但希望不要對她抱著不好的感情。

「那麼，再會吧。」

我目送瑞傑路德離去，直到再也看不到他的身影。

從前，我在注視著這個背影時充滿了感謝之意。

我想，現在的愛夏和諾倫一定也是如此。

間話「研磨利牙」

從劍之聖地往北走大約一小時，有座無名的海角。

一名少女正在那做著揮劍練習。那並非劍神流的型，只是單純的空揮。

這位少女名為艾莉絲．格雷拉特。

「……」

艾莉絲．格雷拉特揮著劍。

無心地揮著劍。在這個沒有其他人，一人獨處的空間中，全心全意、專心致志地揮劍。

若心存雜念地揮劍將會使這動作失去意義；只是模仿形式而揮出的劍也不具任何意義。

如果是拋開所有雜念的無心之劍，那每一次揮劍都能讓自己的感覺更為敏銳。

就像是增加了一片可從另一側清楚透過去的薄皮那種程度。

僅僅是讓自己變強了一片薄皮的程度。

究竟要將那繼續累積多少才行？要持續累積多久，才能達到奧爾斯帝德那樣的境界？

艾莉絲不知道，也沒有任何人知道。

——或者，即使再怎麼除去自己多餘的部分，也仍舊無法觸及到奧爾斯帝德。

然而這樣的想法，正是所謂的雜念。

「……嘖。」

艾莉絲咂嘴一聲。轉頭坐下開始沉思。

這實在麻煩。她想要打倒奧爾斯帝德，然而越是想著要打倒他，就離他越來越遠。

從前，艾莉絲的師傅基列奴曾說過要她「思考」。然而艾莉絲並不擅長思考。因為無論她如何絞盡腦汁，依舊無法得到結論。

相較之下，第二位師傅瑞傑路德就好多了。

他是問艾莉絲「懂了嗎」。會不發一語地教訓艾莉絲，然後只問她懂了沒。直到艾莉絲理解之前重複、重複、再重複，讓她就算不用動腦也可以和他站到相同的境界。

艾莉絲尊敬著基列奴，也尊敬著瑞傑路德。

但可恨的是劍神的教導方式包含了她尊敬的這兩人的優點。

劍神如此命令艾莉絲。

「妳只管心無雜念地揮劍。貫徹無心去揮劍，累了就坐下，休息，思考。要是思考到累了，就再站起來繼續揮劍。」

艾莉絲照他所說的方式揮劍。

揮劍，坐下，揮劍，坐下。

一旦肚子餓了便吃點什麼。然後繼續重複揮劍，坐下的動作。

一開始是在道場做這些動作，然而只要這樣做就總是會有人來攪局。

前來攪局的基本上都是同一個道場的女孩。

像是「妳也來參加早上的對練」什麼的。

像是「飯煮好了妳也一起來吃」什麼的。

像是「稍微陪我練習一下」什麼的。

像是「妳很臭去洗個澡」什麼的。

對那傢伙不勝其煩的艾莉絲離開了道場。

離開道場後她筆直地走著，發現了無人的海角，於是改在那做揮劍練習。

食物方面會從廚房帶點什麼來吃，或是打倒偶爾襲擊過來的魔物將其吃下肚。天冷的時候會從道場帶來幾根柴薪，再用魔術將其點燃取暖。要是睏了就回道場睡個飽。

艾莉絲已經持續了半年這樣的生活。

揮劍，思考，揮劍，思考。

後來，艾莉絲也明白了一件事。所謂的揮劍，其實是一件很困難的事。

她從小就認為這比用功學習還來得簡單，很適合自己。

這樣的想法至今依舊沒有改變。比起用功學習，揮劍更符合自己的個性。

然而，這至少不是件簡單的事。仔細想想，如果只論被人所教導的部分，說不定學習還簡單得多。

僅僅是上揮，下劈的動作，這麼簡單的動作卻始終都無法做好。

應該能揮得更快才對，應該能劈得更快才對。

儘管她心裡這麼想，卻無法順心如意。

揮劍的速度肯定比半年前的自己更加快速。

然而基列奴更快。瑞傑路德更快。劍神更快。

而且，奧爾斯帝德還遠比這些人再快上許多。

艾莉絲坐下開始思考，思考揮劍的方法。

她腦中回想起劍神、瑞傑路德以及奧爾斯帝德的身影。

她開始思考劍神是怎麼動的，瑞傑路德呢？還有奧爾斯帝德又是如何？

宛如要模仿他們從指尖到肩膀，甚至是所有細胞的動作一樣，然後再把目標放在模仿的下一步，進而超越他們。

可是她想不到那個方法。

想不到。根本不可能明白。因為艾莉絲不擅長思考。

想累了的話，就再站起來繼續揮劍。不去思考任何事一心揮劍。

上揮，下劈。還要更快。

上揮，下劈。還要更快。

重複了好幾十次、好幾百次，甚至是好幾千次。

然後，又再度混入雜念。每當她心生雜念，就代表到了疲累的時候。

「……嘖。」

咂了聲嘴後，艾莉絲席地而坐。

手在痛。上頭的水泡已被磨破。她從懷裡取出一條布，隨便地纏起來。

儘管疼痛，卻不會覺得辛苦。

三年前在赤龍下顎發生的那件事如今依舊記憶猶新。與此相比，艾莉絲覺得無論什麼都能忍受。所以不論是痛楚還是焦慮，甚至還有現在孤身一人，他並不在自己身旁的事實，艾莉絲都不覺得辛苦。

「魯迪烏斯……」

她喃喃脫口而出。

但是不能再想下去。因為艾莉絲不擅長思考。她絕對不會只抱著樂觀的想法去思考這一切。她理解要是太過深入去思考的話，自己就會被「折斷」。

「呼……」

三年．雖然認為自己已經變強，但仍舊還差得很遠。

艾莉絲再度挺起身子，開始揮劍。

當艾莉絲強忍睡意回來時，在道場的入口站著一名陌生的男子。

那是個奇特的男子。

身穿彩虹色上衣，及膝的長靴。腰間佩戴著四把劍。臉頰上紋著孔雀的刺青，有著宛如拋物面天線那樣的敞篷髮型。

他看到艾莉絲後，稍微低下頭試圖打聲招呼。

「在下是北……」

「讓開。」

艾莉絲只對這個站在礙事的位置，擋到她回道場的這名男子說了這句話。

她沒有再說其他事情的氣力。

艾莉絲透過空揮已把自己的五感敏銳度練至極限。有著野獸那般銳利的眼神。全身上下迸發出逼人的殺氣。一個不讓任何人接近的野生動物就在那裡。

「……唔！」

男子反射性地拔劍。

「礙事。」

艾莉絲向前一步並這麼說道。

對她而言，眼前的男人不過是個阻礙。只不過是擋在自己要回到巢穴的最短路徑上的一塊礙事石頭。

「怎……怎麼回事，這傢伙……」

男子起初甚至沒意識到艾莉絲開口說話這件事。

在他眼前的，只是一頭飢渴的野獸。他只是運氣不好，遇上了一頭正因空腹而在尋找獵物的野獸。

他透過自己的經驗這麼判斷，因此他根本沒想到野獸竟會開口說話。

但是經過數秒後，看到艾莉絲拔劍擺出架勢，才總算察覺出她的真面目。

看樣子她是人類，而且好像還是個劍士。

「在下是『孔雀劍』的奧貝爾。看來閣下乃劍神流的門徒，還請代為轉告劍神大人……」

「我叫你讓開。」

心情持續煩躁，同時艾莉絲再度往前跨出一步。

她說了「讓開」。然而這句話並未傳達給自稱為奧貝爾的這名男子耳裡。

傳達到的，只有殺氣而已。
不由分說。男子腦海裡只浮現了這句話。
恐怕下一步就會進入她的距離。察覺到這點的奧貝爾用右手將劍握緊，左手則移動至腰上的短劍劍柄之上。然而握法卻和平常相反。
他把手朝向沒有刀刃的劍背上。
進入攻擊距離的瞬間，艾莉絲下了判斷，決定踢飛眼前的石頭。
「疾！」
艾莉絲劍氣疾馳。
是藉由揮劍練習而鑽研至極致的「光之太刀」。
是一般水準之人甚至連防禦都無法辦到的劍神流必殺劍招。
「哼！」
倘若對手是一般水準的話。
奧貝爾手握雙劍，將這招卸開。艾莉絲敏銳地察覺到這點，立刻調整刀勢再次砍去。
「唔……！」
艾莉絲的劍被奧貝爾的左手劍擋下。
奧貝爾用單手，相較之下艾莉絲則是用兩手持劍，力量無法抗衡，讓艾莉絲的劍輕而易舉地突破對手的防線。

然而劍刃卻被架開，僅僅砍到男子那拋物面天線髮型的一角。

艾莉絲扭轉身體，用軸心腳往前跨出一大步。

在那瞬間，奧貝爾的右手劍有了動作。以驚人的速度直取艾莉絲的首級。

「嘖！」

艾莉絲放開手中劍，用宛如蹲下的姿勢往地面倒下。

奧貝爾的劍劈開了艾莉絲的首級剛剛所在的空間。

艾莉絲隨即像貓一樣扭轉自己的身體，一心想取回自己的劍。

但是奧貝爾立刻將艾莉絲的劍踹飛。

劍埋進了雪堆之中。

勝負已分……一般來說的話應該是這樣。

然而艾莉絲卻沒有停手。當她意識到無法取劍，就這樣赤手空拳地朝奧貝爾飛撲過去。

奧貝爾反射性地用劍腹狠狠地敲在艾莉絲的側臉。

幾乎要扭斷頸骨的衝擊，在艾莉絲的臉頰上留下一道傷痕。

然而，即使如此……艾莉絲仍舊沒有停手。

「嘎啊啊啊！」

艾莉絲瞄準奧北爾的下巴揮出拳頭。

奧貝爾察覺她的意圖，試圖用持劍的左手接下。

「唔！」

艾莉絲的手纏上了奧貝爾的左手。

她用手指勾住劍柄，打算奪走這把劍。

奧貝爾背脊發寒。他領悟到一定得殺了這頭野獸才能讓她停下。

他粗暴地踹飛緊纏著自己不放的女人，重新拿好至今一直反持的劍，將刀刃轉向正面。

艾莉絲被踹飛後，幸運地落在自己的劍的所在位置。

她邊喘著大氣邊把劍撿起。

只能殺了她。正當奧貝爾認真擺出架勢，釋放出殺氣時——

「到此為止。」

突然聽見了一道聲音。

奧貝爾的殺氣靜止。艾莉絲也因為受到其殺氣影響而停下了動作。

不知不覺間，劍神已佇立在道場的入口。

當奧貝爾收起劍，艾莉絲則是整個人仰躺倒地。

她喘著大氣仰望天空，臉上的表情因懊悔而扭曲。

奧貝爾將右手放在胸前，低頭致意。

「久違了，劍神大人。」

「來得好，『北帝』。」

「在下已拜讀您的來信……試問這女孩是……」

「噢，很厲害對吧？」

「……在下還是初次目睹如此瘋狂的劍士。簡直就宛如野獸一般……噢，這就是那位被稱為狂犬的女孩啊。」

艾莉絲邊聽著奧貝爾與劍神的對話邊起身。

她的動作宛如亡靈那般搖來晃去，看到這樣的姿態，奧貝爾持劍擺出架勢。

「……」

但艾莉絲只是狠狠地瞪了奧貝爾一眼便走進道場。

「……」

艾莉絲沒有回頭再看愣在一旁的奧貝爾，直接走入屋內。

她一邊擦拭臉上的傷口，同時穿過沒有積雪的走廊回到自己房間。

接著把劍扔在枕邊後，直接倒在堅硬的床舖上。

就這樣像爛泥一樣沉沉睡去。敗北在她心裡留下了悔恨。

然而對現在的艾莉絲而言，那只是瑣碎的小事。

★　★　★

當天傍晚。

基列奴造訪會面之間。

劍神加爾．法利昂以及客人「北帝奧貝爾」已經在那就座。

奇特的髮型配上古怪的服裝。

雖然基列奴對此微皺眉頭，但她並沒有表現出對此在意的神色，而是大步走到劍神的眼前，直截了當地詢問：

「師傅，為何你什麼都不教艾莉絲？」

劍神聽到這句話後，「嘿」的笑了一聲。

「我不是已經教了嗎？」

「你說空揮的方法嗎？」

「不對，是鍛鍊的方法。」

劍神只是擺出理所當然的態度答道。

他的聲音中絲毫沒有平常那粗魯的語氣。

回答得非常冷靜，然而基列奴卻看不慣這樣的師傅。

所以她絞盡那不靈光的腦汁，選擇要說的話。
「師傅平常不是都說，一切都要合理地去做嗎？」
「是這麼說過。」
「那麼艾莉絲的那個算什麼？每天都像個笨蛋一味地空揮，到底哪裡合理了？」
「啊……？」
劍神露出不耐煩的表情看著基列奴。
「妳啊，是從什麼時候開始變得會說這種讓人不耐煩的話啦？」
「從回來這裡之前就開始了！」
「……妳已經聽不進師傅說的話了嗎？」
「可是……唔！」
不知不覺間基列奴已經被劍頂住。在常人眼裡，看起來就像是劍神的手中突然出現了一把劍，然而基列奴能看到他拔刀的動作。
儘管如此，卻依舊無法做出反應。
在當代最快速的男人面前，即使是劍王也無法做出像樣的反應。
「基列奴。老子啊，對妳的教育有一點後悔。」
「……」
「……那個宛如飢餓猛虎的基列奴，如今已變得和拔掉利牙的小貓沒兩樣。要是繼續維持當初的氣勢，妳現在也已當上劍帝了吧。」

聽到劍神的話，讓基列奴嚥了一口口水。

最近，基列奴感覺到自己變弱了。

然而，她卻不覺得現在的自己有什麼不好。自己的劍確實已經停止成長，不可能再變得更強。但是相對的，卻獲得了更加重要的東西。

那就是智慧和知識，是靠劍術絕對無法獲得的東西。

「老子已經不會再拔掉徒弟的利牙了。」

劍神把劍收起，像是在說「這樣妳就懂了吧」。

然而基列奴卻發著脾氣繼續說道：

「我不懂師傅的意思。為什麼你不陪艾莉絲對練？這樣的話艾莉絲不是很可憐嗎？」

劍神忍不住嘆了口氣。

原來基列奴就像是個不和她一五一十地說明清楚就聽不懂道理的孩子。

「聽好了，基列奴。想要超越老子的話，只要繼續追求合理性，這樣一來遲早有一天能超越。因為老子自己正是追求合理的結果。當然啦，如果想成為劍神的話還必須要有與此相符的努力及才能，但是先不提那個。那傢伙的目標是龍神，龍神奧爾斯帝德。那傢伙是『超越合理範圍的存在』，是層次完全不同的怪物。光是靠老子的教導絕對贏不了。」

劍神話說到這，像是在懷念往事般地瞇起眼睛。

實際上他也曾與龍神交手過。那是他在被稱呼為劍神之前，只是一名趾高氣昂的劍聖時的事情。當時的結果是一敗塗地，然而不知為何，龍神並沒有奪走他的性命，不僅如此，他甚至不知道自己為何依然能四肢健全。

自從被狠狠挫了銳氣後，他就以奧爾斯帝德為目標一路鍛鍊至今。

結果，當上了劍神。

正因如此，關於這件事他不希望有其他人從旁插嘴。

「喂，基列奴。所謂的修行應該不是只靠對練吧？更何況既然都有目標了，還把別人說的話照單全收，那樣根本就沒有意義，對吧？」

「……師傅總是會說很難懂的話。我沒有辦法理解。」

「哈。」

對於基列奴的回答，劍神用鼻子冷笑了一聲。

也對，因為這傢伙是個不一五一十仔細說明就沒辦法理解的笨蛋。

「總之，簡單來說就是光靠老子教她是不行的。所以才為此做了各式各樣的準備。首先呢，就是這傢伙。」

話一說完，劍神就指向奧貝爾。

奧貝爾收起下巴向基列奴低頭致意。

「在下的名字是北帝奧貝爾．柯爾貝特。世人稱在下為『孔雀劍』。」

基列奴皺起臉龐。

因為從奧貝爾的身體散發出難以言喻的刺激性味道。那不是體臭，而是柑橘類的強烈氣味，恐怕是香水吧。這對獸族的基列奴來說是令人不快的氣味。

「北神流來此有何貴幹？」

「在下受劍神大人所託，希望能來此幫忙訓練一名弟子。」

基列奴擺出更狐疑的表情，並詢問劍神。

「為何要找北神流？艾莉絲應該不適合用這些傢伙那種姑息的手段。」

「因為龍神會用北神流。」

這句話讓基列奴的表情更加疑惑。因為自己從未聽說龍神是北神流的劍士。如果他是北神流的劍士，那麼列強第二位應該是北神才對。

「龍神他……到底是什麼人？」

「老子怎麼知道……不過，不論是所謂劍神流還是北神流的那些流派的招式，那傢伙全部都網羅在內。當然，就算用了也會被反制，而且對方也會使用。那麼我們這邊起碼得先把所有招式記住，不然根本無法與之一戰。」

基列奴臉上的險峻神情逐漸褪去。

記住對方會使用的招式，這確實是合理的結論。

「原來如此，那麼總有一天也會叫上水神流？」

「嗯，信已經寄出去了。」

「這樣啊。」

基列奴看起來心情很好，搖著尾巴晃啊晃的。

劍神看到此景，「嘿」的一聲露出苦笑。只要是自己容易理解的答案，基列奴就能接受。

這一點從以前開始就絲毫沒變。

「那麼，北帝大人，還請您放鬆心情，暫時在此地歇息。」

由於基列奴心中的疑問已完全消釋，她起身向北帝打招呼。

單膝跪地，用的是劍神流流傳的獨特禮法。

「嗯，劍王大人。要承蒙閣下關照了。」

奧貝爾也把手放在胸口回禮。

就這樣，艾莉絲的修行又再邁進了一個階段。

艾莉絲受到「北聖」的認可，是一年後的事。

無職轉生

到了異世界
就拿出真本事

外傳

「守護小孩的高手」

那是在魯迪烏斯收到信大約一年前的事。

保羅與其一行人抵達了東部港。

洛琪希和塔爾韓德也跟著他們一起。

已經查出塞妮絲的所在地，就是位於貝卡利特大陸的迷宮都市拉龐。

要去那裡就必須從東部港搭船，前往貝卡利特大陸。

然而，保羅有一事惦記在心。

那就是自己的女兒，諾倫與愛夏。

據說在貝卡利特大陸棲息著許多魔物，那裡是與魔大陸同樣危險的土地。

保羅以前曾是冒險者。儘管有一陣子沉溺於酒精之中，但自從不當冒險者後也持續在鍛練自己。再加上隊伍中還有塔爾韓德及洛琪希這種熟練的冒險者，即使貝卡利特大陸再怎麼危險，要穿越這塊土地應該也不會太困難。

然而，那頂多只是不困難。

如果只有保羅等人倒另當別論，但如果還得再帶上兩名小孩前往那種地方，狀況就會一口氣變得嚴苛。

因此，保羅決定把兩位女兒送至魯迪烏斯身邊。

讓兩個小孩離開自己的保護送往遙遠的地區。儘管這樣依舊具有危險性，但他判斷這比帶去到處都是魔物的貝卡利特大陸要好得多。

★　★　★

在某間旅社的餐廳。

擺在那裡的其中一張桌子旁坐著四位女性。

其中一人是大人，有兩人還是年幼的小孩。而最後一人乍看是個小孩，卻是不折不扣的大人。

這四人就是莉莉雅、諾倫、愛夏以及洛琪希。

「……不要。」

其中一人，諾倫正繃著一張臉。

她很不開心。

證據就是她沒把眼前的料理送入口中，而是用拿在右手上的叉子將料理一個勁地剁碎。

「我……想和爸爸一起去。」

她之所以不開心的理由一目了然。

因為保羅在吃早餐時告訴她說：「妳要和愛夏一起去魯迪烏斯身邊。」

因此就算到了享用午餐的現在也絲毫不隱藏自己的態度，鼓起腮幫子表達不滿。

「所～以～啦～我不是說過如果諾倫姊跟去的話會妨礙到爸爸了嗎？」

「我才不會妨礙爸爸……」

出言頂撞諾倫的人是愛夏。

愛夏和諾倫不同，在聽到要去魯迪烏斯身邊的瞬間就擺出勝利姿勢欣喜不已。

因為對她來說，要去哥哥的身邊就是一件這麼令人開心的事。

因此她看不慣表露不滿、唉聲嘆氣潑了自己冷水的諾倫。

由於這樣的感情驅使，愛夏從剛才就不停地用聽起來像是在說服她的話語，用義正詞嚴的口氣藉故譴責諾倫。

愛夏其實也能容忍耍任性這件事。但是想任性到底讓旁人配合的話，她希望用可以讓周圍會有種「被將了一軍」的巧妙做法。只是一味地說不要不要在那邊耍任性實在很丟臉，光是看著就讓人火大。

「是說，諾倫姊，妳只是不想去哥哥那裡而已吧？因為以前曾經吵過架所以就把哥哥當作壞人。明明連爸爸都說自己也有錯了啊。」

「爸爸才沒有錯！」

諾倫反射性地大叫。

魯迪烏斯和保羅那次的爭執，毫無疑問是魯迪烏斯不好。如果不是這樣，諾倫不會甘心。

「諾倫姊每次都這樣。只要事情不如自己的意就馬上悶不吭聲，只會在那邊說不要。然後等其他人願意妥協，如果對方稍微說了點自己不喜歡的話就會像那樣大叫，好像笨蛋一樣。」

這番話讓諾倫咬牙切齒，只能一邊流淚一邊瞪著愛夏。

然而，並不是只有一對眼睛瞪著愛夏。坐在她旁邊那位身穿女僕服的女性也對愛夏投以嚴厲的目光。

「愛夏，妳怎麼能用這種口氣說話！快道歉！」

那人是莉莉雅。

由於保羅目前正在尋找知曉前往貝卡利特的航線以及路線的領航員，所以她現在正代替保羅照顧諾倫及愛夏。

姊妹鬩牆是家常便飯，由於保羅也曾以無可奈何的態度說過：「畢竟是姊妹，總是會吵架的吧。」，在某種程度上默認這種行為。

然而只要愛夏講得太過火，莉莉雅就會像這樣斥責她。

順帶一提，坐在旁邊的洛琪希則是一臉尷尬地看著眼前的這一幕。

雖說她是以護衛的身分留在這裡，然而過去她曾以家庭教師的身分受到格雷拉特家關照，也很清楚莉莉雅的為人，所以心裡肯定不好受。

「……是，對不起。諾倫大小姐，我剛才的發言有失分寸。」

愛夏裝出一本正經的笑容賠不是。

說話有禮，聲調也不失分寸，然而只是形式上的道歉。

莉莉雅也明白愛夏並沒有打從心底反省。如果不是這樣的話，她也不會屢次頂撞諾倫。然而她表現出來的舉止卻也讓人無法挑她毛病。

其實還有很多想講的話。像是應該要更加敬重正室的小孩諾倫之類。只是莉莉雅也還年輕，並不知該如何說明讓愛夏能好好理解這個道理。

可是，莉莉雅沒有再繼續追究這件事的理由並非只有如此。

因為關於這次的事，她也和愛夏持相同意見。

「可是諾倫大小姐，貝卡利特大陸是非常危險的土地。當然，老爺應該會盡最大努力確保您的安全，慎重地行動。不過凡事都有萬一。如果到時因此害大小姐受傷，那老爺一定會為此感到非常難過。」

「……」

諾倫自己也知道她這麼做會妨礙到父親。

但那種事根本無關緊要。

對於諾倫來說，保羅的身旁才是最安全，也最讓自己安心的場所。因為除了保羅以外沒有任何人願意守護自己。所以她不能離開保羅身邊。

「不要。」

「諾論大小姐，不可以說不要。還請您諒解。」

「我說不要就是不要！我要一起去媽媽那裡！」

諾倫用力地拍了桌子後站了起來。

盤子因衝擊而掉落，直接摔到木製的地板上，盤中的料理也隨著喀鏘一聲飛散。

「莉莉雅小姐明明也要跟爸爸一起去吧！這樣太狡猾了！」

「諾倫大小姐！您也差不多該聽話了！」

莉莉雅的音量也大了起來。

她理解所謂的主從關係，因此很寵諾倫。但是她也明白該罵的時候就是要罵。

儘管諾倫因為莉莉雅的聲音而嚇得抖了一下，但也狠狠回瞪莉莉雅，握緊那小小的拳頭大叫：

「……算了！」

諾倫就這樣把椅子踢開，從餐廳飛奔而出。

「啊，大小姐！請等一下！」

諾倫一個人飛奔到外頭，莉莉雅也跟著衝了出去。

儘管洛琪希也慌慌張張地追了上去，但為時已晚。

就在她們兩人衝到外頭時，身材嬌小的諾倫已經混入人群中消失無蹤。

「哼。」

被一個人留在那裡的愛夏沒好氣地哼了一聲。

★★★

諾倫在人群中奔跑。
淚水在眼眶中打轉，感覺隨時都會奪眶而出。
悔恨。丟臉。煩躁。
事情沒有辦法順心如意，這並不是第一次。倒不如說多半都無法如願。
然而即使如此……即使如此諾倫也只想和保羅在一起。
諾倫的希望就只有如此而已。她從以前就為此一路忍耐了許多不合理的事情。當然有時也會說任性話，但基本上都會忍耐。自從那起轉移事件後一直都是如此。
她認為和保羅在一起是自己理所當然的權利。
沒錯。能和保羅在一起，是諾倫專屬的權利。
然而如今卻連這點也有人試圖奪走。
「嗚……」
諾倫因為這種不講理的事而不禁落淚。
「啊！」

就在拭去滑落的淚水那瞬間，諾倫撞上了從街角冒出來的某人。

「哦哇！」

她撞到的對象大叫一聲，弄掉了某樣物品。

諾倫往上抬頭一看，有名身材魁梧，滿臉鬍渣的男人正一臉茫然地站在那裡。站在旁邊的一名瘦弱的男人則是吃驚地瞪大雙眼。

滿臉鬍渣的男人胸前沾到了醬料。

而且這男人那根才吃到一半的烤肉串，還掉在諾倫的腳邊。

男人看到這一幕轉眼間氣得滿臉通紅，諾倫則是整個臉色鐵青。

「臭小鬼！有沒有在看路啊！」

「呀……」

諾倫胸前衣服被對方一把抓住，就這樣被舉到半空中。

滿臉鬍渣的男人把臉湊近眼前，氣息吹了過來。

酒臭味。這個人已經醉了。

「啊……啊……啊……」

諾倫因恐懼而渾身顫抖。

因為她很清楚喝醉的人會做出什麼事。

依據的來源是在內心失去依靠時成天酗酒的保羅。儘管他直到最後都沒對諾倫做出暴力行為，但即使如此也已經足以讓年幼的諾倫理解「醉漢是恐怖的存在，喝酒是不行的」這個道理。

諾倫能諒解保羅如果不喝酒就沒辦法鼓起幹勁。

但那畢竟是因為對方是保羅。

不是保羅的人因喝酒發酒瘋，對諾倫來說只是純粹的恐怖。

「看妳都做了什麼好事啊！妳父母在哪！叫他們來賠啊！」

「沒錯！這可是大哥最喜歡的食物耶！」

「混蛋！我說的是衣服！衣服！這汙漬可洗不掉啊！」

「嗚……咿……嗚……」

男人狠狠咆哮，讓諾倫忍不住哭了出來，一邊顫抖一邊哽咽啜泣。

腦中已陷入混亂狀態。她現在已經連對方在說什麼都無法聽進去。她現在能做的，就是在甚至快要漏尿的這種恐懼之中，將尋求救助的視線傳遞給周遭。

然而，無情的是沒有人願意收下這股視線。

只因任誰都不想被捲入醉漢引起的騷動之中，每個人都快步離去。

「妳爸爸和媽媽在哪！」

「……」

「不出聲我怎麼知道！連對不起也不會說嗎！他們到底是怎麼教的！」

「對……對不……對不起……對不起……！」

不，有一個人。

一個接收到少女尋求救助的視線，聽見少女開口道歉的聲音，因而停下腳步的男人。

他臉上的表情因憤怒而扭曲，同時大步站到翳渣男旁邊。

「……你想怎樣？」

「……」

然後一語不發地將翳渣男揪住諾倫胸前衣服的那隻手臂抓住。

力量相當驚人。儘管手臂粗得跟身體一樣的翳渣男試圖抵抗，卻也在轉眼間被擰起。

「好……好痛……好痛啊啊！」

翳渣男忍不住放下諾倫。諾倫一屁股摔在地上，望著救了自己的對象。

「這孩子到底做了什麼？」

那是一個在額頭上綁著護額的男人。

臉上有道歪斜的傷痕，他的表情因憤怒而扭曲。

如果是知道他是誰的人，馬上就會說出他的名字。

他的名字叫瑞傑路德・斯佩路迪亞。

諾倫不知道這個男人的名字。但是在看到這張臉後便立刻起身，跑到他的後面躲藏起來。

「那……那個小鬼她……突然撞過來……害……害我的衣服……」

「這個孩子已經道歉了吧？」

「就算道歉了，也清不掉汙……好痛！」

瑞傑路德的手一催力，鬍渣男的手臂便發出擠壓聲。

「你這傢伙，快放開我大哥！」

儘管瘦弱男人把手伸向瑞傑路德的臉，卻被瑞傑路德輕鬆閃避，指尖只擦過了護額而已。

「是要清掉汙漬，還是要丟掉性命，自己選……」

「好痛啊啊……！對不起，是我不好！是我不好！」

男子放開鬍渣男的手。

瘦弱男立刻衝到鬍渣男的身旁問道：「沒事吧？」

「妳也是，再好好地跟他道一次歉。」

瑞傑路德低頭望著諾倫這麼說道。

雖然諾倫對此露出詫異的表情，但依然用力點頭，對鬍渣男低頭說道：

「對……對不起。」

「嘖……算了，我也不該無理取鬧糾纏妳……喂，走人了。」

「收……收到！」

兩個男人消失在人群之中。

諾倫渾身無力地癱坐在地上。

恐懼感消失後放心的感覺一口氣湧上，讓她渾身脫力。

「……不要緊嗎？」

「啊……不要緊。」

諾倫仰望瑞傑路德。

她的視線中摻雜著驚訝以及懷念的感覺。

諾倫還記得他。

那是還住在米里希昂，愛夏以及莉莉雅都還不在的時候，他曾經對差點跌倒的諾倫伸出援手。而且還用溫柔的手撫摸頭部，給了自己蘋果。

這個男人剃著光頭，頭戴護額，臉上有道巨大傷痕，只要看過一眼就不會忘記。

「……啊……嗚哇～……嗚哇～……」

可能是看到這張臉後鬆了一口氣，諾倫做出了與年紀不符的舉動，放聲大哭。

看到唐突地哭了出來的諾倫，讓瑞傑路德慌了手腳。

儘管周圍的視線聚集過來，但看到瑞傑路德可怕的臉孔後任誰也沒有靠近。

瑞傑路德煩惱到最後，決定蹲下身子，把手放在諾倫的頭上輕輕地撫摸。

諾倫因那手掌帶來的溫暖，以及像是在對待易碎物品般的速度感到放心，同時也感覺到自己的哭聲漸漸減弱。

★★★

「然後啊，很過分耶。大家聯合起來……說不行過去……還說我礙事……」

過了一會兒，諾倫雖然沒有發出聲音，但依舊小聲地持續啜泣。

儘管瑞傑路德認為應該要馬上把小孩送到父母身邊，但當自己說要送她一程時，諾倫卻用力地搖頭。

這種強硬的拒絕方式，甚至讓瑞傑路德認為說不定問題出在父母（保羅）身上，所以決定先暫且聽她的說法。

「原來如此。」

把整件事情始末聽完後的瑞傑路德握緊手中的槍。

要前往貝卡利特大陸的保羅，要被送往魯迪烏斯身邊的諾倫。

諾倫所說的話由於太過單方面，說明並不充分。因此在瑞傑路德的心中留下了幾項疑點。

可是，以前往貝卡利特大陸和魯迪烏斯身邊這兩點為核心整理後再思考一下，他就立刻掌握到事情的全貌。

然而，瑞傑路德無法體會想要和父親在一起的女兒有著什麼樣的心情。

「……那真是痛苦啊。」

讓他產生共鳴的是為人父親的心情。
從前，瑞傑路德也有妻小。
當時的瑞傑路德身為拉普拉斯的親衛隊，在魔大陸上四處奔波。
他丟下妻小不顧，前往戰場。
他也有過野心與忠誠心。然而並不是認為妻小會阻礙他滿足自身欲望才把他們棄之不顧。
正是因為珍惜他們，所以才想讓他們待在安全的地方。
（可是……）
不過自己兒子的事情讓他改變想法。
起初離開村子時，他的兒子還只是長著尾巴的小孩。
然而，那也只有一開始的那次。他以拉普拉斯的親衛隊身分征戰數年，在戰爭勝利，漸漸地統一魔大陸後，此時他的兒子已經長高，尾巴變成了槍，就連體格也變得結實，成長為一個出色的男人。在他最後一次回到村子時，兒子成長到甚至對他誇下海口說「我已經獨當一面了，下次戰鬥也帶我一起去吧」。
當時不管瑞傑路德對自己的兒子說什麼，他都只當成耳邊風。所以瑞傑路德就用力量使他臣服，並說「只有這種程度我還不能承認你是一名戰士」，把他留在村子。
那是戰士會罹患的一種病。
讓重要的事物遠離戰端，藉此完成守護的心願。

只是到了最後，瑞傑路德也不配稱為一名戰士。

相較之下，兒子卻很出色。

兒子用魔槍打倒了狂暴化的瑞傑路德，拯救了瑞傑路德以及戰士團。

兒子究竟是用什麼方法打倒了手持魔槍的瑞傑路德，如今已不得而知。

他在魔大陸流浪的同時曾對此抱持著疑問，但依舊找不到能讓自己接受的理由。

然而，事到如今瑞傑路德才想到。

自己的兒子一定是在瑞傑路德看不到的地方，下定決心讓自己變強。

他遵守瑞傑路德的教誨，為了守護村子與母親，憑著使命與決心鍛鍊自己。

然後在這份使命與決心的加持下，打倒了失控的瑞傑路德。

瑞傑路德對此感到驕傲。

如果諾倫跟自己的兒子當時有相同的心情，那就算說再多擔心還是重視的話都沒有用。

如果諾倫再稍微長大一點，再稍微堅強一點……

如果她帶著堅強的使命與決心，每日不懈地鍛鍊自己……

甚至是成長到與魯迪烏斯相同水準的話，那瑞傑路德甚至會去說服保羅。

但現在的諾倫既年幼又脆弱。

「諾倫。」

「……什麼事？」

瑞傑路德看著坐在旁邊的諾倫的眼睛，如此說道。
「妳必須變得更強才行。」
「……？」
「要是妳想和誰在一起，那就必須變得更強、更巨大、更出色才行。為此，妳現在要稍微忍耐。」
笨拙的話語。
這番話讓人難以理解其中想表達的用意。
諾倫也知道自己必須要忍耐，所以才會耍任性。
「……」
然而，從瑞傑路德的話語中，不可思議地感覺到一股沉重感。
那是和莉莉雅、愛夏還有其他許多大人所說的話完全不同的沉重感。
說不定是因為那並非基於消極的理由，而是出於積極的理由所想得到的最佳手段，才讓她相信瑞傑路德。
「……嗚。」
諾倫邊抿緊嘴巴邊低下頭。
她無法坦率地說出「我知道了」。
如果能說得出口，那打從一開始就不會說任性的話。

對於諾倫這樣的態度，瑞傑路德微微一笑，把手伸過去。

溫柔地撫摸了諾倫的頭。

「放心吧，路上就由我代替保羅保護妳。」

那隻手的動作溫柔到讓諾倫得以完全安心。

「……我知道了。」

在漫長的沉默後，諾倫輕聲地這麼說道。

瑞傑路德對這句話滿足地點了點頭，正打算把手挪開時……

「啊。」

卻因為諾倫的聲音停止不動。

「怎麼了？」

「……我希望你能再摸一下。」

瑞傑路德回應了她的要求。

他把手放在彷彿因緊張而把身體縮成一團的諾倫頭上，緩緩地動了起來。就像是在撫摸雛鳥那般溫柔。

「總覺得好安心。」

「是嗎。」

諾倫被摸著頭，瑞傑路德則持續撫摸著她，就這樣持續了好一段時間。

人們用看著溫馨畫面的眼神關注著這一幕。
諾倫那哭腫的臉，此時也總算展露了笑容。
「啊！在那！莉莉雅小姐，找到了！」
此時有人從廣場旁大叫一聲。
朝那看去，有位藍色頭髮的少女正按住帽子迎面跑來。
「看來有人來接妳了。」
瑞傑路德喃喃這樣說道，收回撫摸諾倫的手站了起來。
雖然諾倫因為從自己身上離去的溫暖氣息感到落寞，但也隨著他起身。
「那個！」
諾倫大聲叫住背對著自己的瑞傑路德。
「請把……你的名字告訴我。」
瑞傑路德轉身回頭，就在那瞬間，不知是不是因為剛才救了諾倫時讓繩子鬆開，瑞傑路德的護額緩緩掉落。
像紅寶石一樣的紅色感覺器官暴露在外。
「瑞傑路德。我叫瑞傑路德．斯佩路迪亞。」
那是非常夢幻的光景。
額頭上具有一顆美麗寶石的男子，沐浴在逆光下，露出微笑注視著自己。

那宛如是出現在童話裡，騎士迎接被囚禁的公主的畫面……
諾倫受到了如此的衝擊，同時得知恩人的名字。

★ ★ ★

另外，在瑞傑路德報上名號時，還有一位同樣受到衝擊的女性。
那就是洛琪希·米格路迪亞。
要解釋為何她會受到衝擊，說來話長。
這是因為她從小就不擅長應付三件事情。
第一是青椒。
那是洛琪希在來到米里斯大陸後第一次吃到的蔬菜，同時也是把以為「人族的世界有許多甘甜的食物，簡直是天國！」的洛琪希推落地獄深淵的食物。
在嘴巴裡擴散開來的獨特苦味和臭味。
即使馬上吐出來依然殘留在嘴裡的噁心感。
她曾有一陣子真心認為青椒對於米格路德族這種生物來說是毒物。但後來在擔任魯迪烏斯家教的那段期間成功克服了。
那是因為她覺得在魯迪烏斯面前挑食會很難為情。

第二是小孩。
對象是五歲到十五歲左右的小孩，尤其是男孩。
他們不會聽別人說話。會依當下的判斷胡亂行動，就連理論性的忠告也充耳不聞。
但是在遇見魯迪烏斯後，她甚至覺得自己其實是喜歡小孩的也說不定。
後來遇見了帕庫斯後，才總算理解自己不是討厭小孩。
也就是說她不是討厭小孩，而是不擅長應付不會聽別人講話的傢伙。
在某種意義上，可以說她克服了自己討厭小孩的毛病。
然後第三，是斯佩路德族。
自從她出生後已經聽過好幾次斯佩路德族的故事。
那是遠在洛琪希出生好久以前引起的戰爭中，背叛了同伴的惡魔種族。
據說那是很久以前還與米格路德族有過交流，但後來卻被視為叛徒遭到迫害，進而滅絕的種族。
他們對毀滅自己的魔族帶有很深的恨意，一旦發現其他魔族，就會不分青紅皂白襲擊過來殺死對方。
其中被稱為「Dear End」的人最喜歡小孩。
當他看到壞孩子，就會在夜深人靜之時出現，將小孩擄回自己的巢穴。
接著為了不讓小孩逃跑會把腳吃掉，為了不讓小孩抵抗會把手吃掉，為了直到最後都不失去鮮度會把頭留到最後，從肚子裡面開始慢慢吃起。

所以必須要當個乖小孩才行喔。

她就是被灌輸這種觀念而扶養長大的。

說實話，在她貿然從村子離去，以新人冒險者的身分開始活動那時，還真心認為現在的自己是壞孩子，說不定會遭遇危險。

儘管這種印象已隨著長大成人後淡去，但內心仍然殘留著對斯佩路德族的恐懼。

因此在溫恩港發現自稱 Dead End 的人物時，她也保持著最大的警戒。

然後過了數年，她現在真的遇見了斯佩路德族。

為了尋找諾倫在城鎮裡來回奔走，正想說總算找到人了，在那裡的人卻是曾在溫恩港遇見的禿頭男子。手上拿著白色的三叉槍。而且在下個瞬間，那名男子纏在額頭上的護額脫落，從底下顯露出來的是彷彿紅寶石的感覺器官。

「——瑞傑路德。我叫瑞傑路德·斯佩路迪亞。」

連名字都是斯佩路迪亞。

雖然不知為何沒有頭髮，但洛琪希確信，眼前這傢伙毫無疑問地是斯佩路德族。

這傢伙就是 Dead End，而且現在正打算對諾倫伸出毒牙。

「啊……啊……」

恐懼從腳底往上竄。

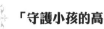

顫慄遊走全身，讓洛琪希差點就這樣失去意識。

然而，自己現在被交付了護衛諾倫等人的任務。莉莉雅也從身後跑了過來。回到旅社還有愛夏在。不，不僅如此。在這個廣場的所有人都有危險。

洛琪希在心裡這麼吶喊，為了讓自己鼓起幹勁，她架好魔杖這麼說道：

「離……離開那孩子！如果你不這麼做，就由我來對付你！」

現場頓時陷入一片沉默。

瑞傑路德僵住不動，莉莉雅也停下了動作。

至於諾倫，甚至還抱緊瑞傑路德，對洛琪希送出了充滿敵意的視線。

儘管洛琪希認為有哪裡不對勁，卻因為極度的緊張而讓她無從得知究竟是哪裡不對勁。

不過她有一種自己現在好像犯下了什麼錯誤的感覺。正因為她至今犯下了好幾次錯誤，所以才能理解這種感覺。

「……瑞傑路德大人，久違了。」

此時從她的身後趕來的莉莉雅低下頭。

莉莉雅不拘謹的一聲招呼，讓洛琪希動搖並詢問：

「咦？那個……你們認識嗎？」

「您沒聽說嗎？瑞傑路德大人是一路護衛魯迪烏斯大人回到阿斯拉王國的人物——」

「啊。」

有聽說過。順道一提，洛琪希也曾聽聞在溫恩港見到的 Dead End 正是護衛魯迪烏斯的人物。

只是沒想到他居然會真的是斯佩路德族……

「……我不打算加害這孩子。」

瑞傑路德這麼說完，用惶恐的表情窺探拿著魔杖嚴陣以待的洛琪希。

看著這個態度，洛琪希才領悟到自己推測完全落空，整張臉變得紅通通地垂下頭。

洛琪希果然很不擅長應付斯佩路德族。

★ ★ ★

瑞傑路德願意擔任護衛。

聽到這件事時，保羅一行人出現了各種不同的反應。

首先，熟知瑞傑路德的為人與實力的莉莉雅與金潔表達贊同。

並保證如果是他，一定能安全地把諾倫和愛夏送到達魯迪烏斯身邊。

維拉和雪拉面面相覷，接著擺出「應該沒關係吧」的表情點了點頭。

她們姑且算認識瑞傑路德，也知道他一路守護魯迪烏斯橫跨魔大陸的情報。以實力來說也無可挑剔，沒有問題。

塔爾韓德持反對意見。

他很清楚關於斯佩路德族的傳言。也不例外地從孩提時就被教導與洛琪希當時類似的故事扶養長大，在魔大陸旅行時，也聽說過將斯佩路德族當成恐怖存在的各種軼聞。正所謂無風不起浪，過去肯定發生過什麼事。就算他現在已經痛改前非，也不能把重要的對象交給陌生人。

洛琪希採消極的反對。

之所以沒有強烈反對，是因為洛琪希覺得不能用外表和先入為主的觀念看待一個人。然而對象是斯佩路德族，所以在理解對方沒有危險後也依然沒有解除警戒。

不，與其說是警戒不如說是在害怕。

斯佩路德族是從小就被教導過好幾次的恐怖象徵。

時至今日，洛琪希曾住過的村子雖已不再教導斯佩路德族那方面的軼聞，但在洛琪希的孩提時代，這是用來管教小孩的固定橋段。

因此，洛琪希無法完全隱藏膽怯的情緒。

就算腦袋理解是安全的，但在年幼時就被深植在內心的恐懼感扯了她的後腿，使得判斷變得謹慎。

因此洛琪希的看法是「如果保羅先生能相信他的話」。

贊成、消極的贊成、反對與消極的反對。

得到四個意見後，保羅陷入沉思。

他並不是很了解瑞傑路德這個人。

只有在和魯迪烏斯一起出現時才和他接觸過，彼此幾乎也沒有任何交談。

當時也曾感覺到他是個值得信任的人物。

然而從那之後過了幾年，人只要過了幾年就會性情大變，這點保羅也親身體會。

不需要幾年，只要一天即可。只要有一件不幸的遭遇，就會使人改變。

究竟現在的瑞傑路德是否能信任，是否能交給他呢？

考量著這些問題，保羅不經意地把視線往下望去，看到了一個身影。

那就是緊緊抱住瑞傑路德大腿的諾倫。

諾倫的身影和抱著身為父親的自己時的模樣重疊在一起。

諾倫相當怕生，不太會親近自己以外的大人。

然而諾倫卻彷彿把瑞傑路德當作自己的父親依賴著他。

回過頭來仔細想想，他救了諾倫。

當諾倫被醉漢糾纏哭著求救時，瑞傑路德理所當然地對她伸出了援手。

在魯迪烏斯遭到轉移時，瑞傑路德肯定也是像這樣去幫助他的吧。不計算利弊，而是把這視為理所當然的行為。

他沒有改變，大概。

為何要去懷疑這樣的男人呢？

「能拜託你嗎？」

回過神時，保羅已如此開口詢問。

瑞傑路德正眼注視保羅，並對此提問答道：

「即使賭上我的性命，也一定會把她們送到魯迪烏斯身邊。」

感覺不到任何虛假的堅毅回應。瞳孔中寄宿著責任與覺悟。那是現在的保羅絕對無法擺出的，經年累月才獲得的戰士臉龐。

要是因為這樣被騙，那麼保羅將再也無法相信任何人吧。

能讓人感受到如此具有安心感的意志與決心，就在那裡。

「拜託你了。」

保羅伸出手。

瑞傑路德也伸出手，兩人緊緊交握。

就這樣，瑞傑路德擔任諾倫與愛夏的護衛。

©Y.A 2016

Kadokawa Light Novels

錢進戰國雄霸天下 1 待續

Kadokawa Fantastic Novels

作者：Y.A　插畫：lack

戰國大發利市！
群雄割據時代即刻開幕！

時值永祿三年，「足利」幕府時代末期。「神奈川號」太空船跨越時空到來。原本在遙遠的未來時代專營宇宙間的貨運事業，突然意外闖進宇宙異次元奔流，因而跳躍了時空。牽扯未來世界之人的群雄割據時代即刻開幕！

NT$200/HK$60

台灣角川

Kadokawa Light Novels

©Yuki Akatsuki

今天開始靠蘿莉吃軟飯！ 1～2 待續

Kadokawa Fantastic Novels

作者：暁雪　插畫：へんりいだ

小白臉這回居然上了蘿莉酒家!?
還逼問三個蘿莉內褲的顏色簡直人渣!!

靠超級有錢美少女小學生吃軟飯的我——天堂春，今天還是自由自在的貪睡耍廢，用蘿莉的錢享受度日。我高舉著體驗人生的旗幟，拜託蘿莉三人組開了間「蘿莉酒家」！相信這也可以成為我的漫畫創作泉源……沒錯吧？小心甜到爆的吃軟飯生活！

台灣角川

各 NT$200/HK$60

Kadokawa Light Novels

我是忍者，也是OL 1~2 待續

Kadokawa Fantastic Novels

作者：橘 もも　插畫：けーしん

無論戀愛或工作，
都可以用忍術守護住嗎!?

逃離家鄉的逃忍OL陽菜子甘冒危險重拾忍術，全是為了保住天真的和泉澤，以及他祖父一手打造的公司。然而危機卻一步一步接近，這次要掀起的是將辦公室變成戰場的忍者合戰——陽菜子的作戰和愛情將何去何從？

台灣角川

各 NT$180/HK$55

國家圖書館出版品預行編目資料

無職轉生 ： 到了異世界就拿出真本事 / 理不尽な孫の手作 ; 羅尉揚, 陳柏伸譯. -- 初版. -- 臺北市 : 臺灣角川, 2017.05-
冊 ; 公分
譯自 : 無職転生 : 異世界行ったら本気だす
ISBN 978-986-473-681-2(第7冊 : 平裝). --
ISBN 978-986-473-797-0(第8冊 : 平裝). --
ISBN 978-986-473-894-6(第9冊 : 平裝). --
ISBN 978-957-8531-30-7(第10冊 : 平裝)

861.57 106004553

Kadokawa
Fantastic
Novels

無職轉生～到了異世界就拿出真本事～ 10

（原著名：無職転生～異世界行ったら本気だす～ 10）

2017年12月25日　初版第1刷發行
2024年4月2日　初版第9刷發行

作者：理不尽な孫の手
插畫：シロタカ
譯者：陳柏伸

發行人：台灣角川股份有限公司
總監：呂慧君
總編輯：朱哲成
設計指導：陳晞叡
印務：李明修（主任）、張加恩（主任）、張凱棋

發行所：台灣角川股份有限公司
地址：104台北市中山區松江路223號3樓
電話：（02）2515-3000
傳真：（02）2515-0033
網址：www.kadokawa.com.tw
劃撥帳戶：台灣角川股份有限公司
劃撥帳號：19487412
法律顧問：有澤法律事務所
製版：巨茂科技印刷有限公司
ISBN：978-957-853-130-7
